來日綺窗前

藍晶

散文集

自序　依舊思鄉濃

　　轉眼，離上回出版第四本散文集《草原之歌》有四年多了。這四年多來，陸續流出了五、六十篇，主要刊登在《亞特蘭大新聞》的亞城園地，感謝園主許月芳女士的包納，又到了結集成書時候。多承秀威公司的林世玲編輯，能依然親切地接手策畫編排，相信又有一番清雅風貌呈現。在這網路時代，紙本書愈形珍貴，期望仍有喜愛散文的讀者能分享我異國生活的點滴情趣。

　　這本文集分成生活篇與旅遊篇兩大卷。前者有56篇，皆為對周遭見聞的感懷心語。後者有11篇，包括四次回台、一次美西峽谷區、一次加州行、一次夏威夷和一次法國行的旅遊摘記。不像諸多親朋好友，每年積極緊密地安排不少異地旅遊，旅遊的時日可能比家居的日子還多。我除了年年回台，其餘不過靠機緣，順其自然。

　　雖說海外久居，終會把異鄉住成「第二故鄉」，然內心深處仍是褪不去的濃濃鄉思，回台，成了我異鄉生活最溫馨的期盼。唐詩宋詞、華文漢字經常在我心中手上流轉周旋，不敢在洋語充斥的洋環境中稍忘，就為了與生俱來對華夏文化的那份親啊！

「君自故鄉來，應知故鄉事；來日綺窗前⋯⋯」王維的心思，仍在異國的今日流淌⋯⋯

藍晶
2019年仲夏
於亞特蘭大

目次
CONTENTS

卷二　旅遊篇

卷一

生活篇

一手包辦話老美

　　這幾天，一直在等著美國國務院的文件，好轉寄給在法國的女兒。昨天近午，總算聽得門鈴聲響，急忙躍起，趕去開門。門開處，沒見人影，但見UPS的黑紅信封落擱在門口地下。抬望前院，穿深褐色制服的員工已將要閃入停在路邊的卡車內，我對他急急拋去一句：「Thank you！」他正要進入駕駛座，也迅忽地遙回一句：「You're welcome！」天啊！這個快步調的美國！這個人手不足而人人奔疲的美國！再也沒有一位送件員工可以舒閒地等你開門，甚或寒暄問好。再也沒有一位助手可以幫著開車或幫著送件，從頭到尾就得一人幹練地又開卡車、又取卸重物，獨自奔命。在人工昂貴的美國，這種「一手包辦」的作風，已遍見於各行各業。我常想著，若在台灣，是三、四個人分工的事啊！老美的獨當一面，真令人佩服！

　　記得早期來美住在北康州時，兒子才兩歲多，媽媽就越洋過海，來探看我們。我們在溫莎鎮的小屋，當時尚無車庫，嚐盡了寒冬車頂覆雪之苦，決定在屋旁加蓋一間車庫。開工那天，原訂好兩個工人要來，結果其中一位因故無法前來，只剩另一位獨挑大樑。我和媽媽在窗內親眼瞧見那位無比強壯幹練的資深工人，竟然單槍匹馬，從打地基、搭架構到砌牆面，硬是把個大車庫給蓋出來。看

得媽媽瞠目驚讚！她說這種工程若在台灣，至少是一個工頭領著六、七個工人，抽抽菸、磨磨鋸子、聊聊天，得拖上一個多星期的工作；而這位壯碩老美，竟然孤掌奮戰，不到三天，即大功告成。天啊！老美行事之魄力，能不敬畏乎？不僅他們男人強，女性也不甘落後。多年來，此地大型校車的司機已幾乎都由女性包辦。我曾好奇地問家中女兒，為何沒有男司機？她說，一般開校車算是半天工，而男人得養家，不行啊！他們開大卡車去。想起一句話：在美國當家庭主婦得有獅子的勇氣、大象的力氣、駱駝的耐力。怎麼不是？我原是來自台北的柔弱小姐，來美多年的磨練，倒也庭院工作幾乎一手包了。

　　無論如何，美國人因講究效率，生活步調難免緊張了些。怪不得不愛被時間追趕的大女兒喜歡法國的舒閒，還賴在那兒不想回來呢！

2015/5/16

人性關懷

在2009年耶誕前，曾寫過一首小詩〈淡節〉：

平平淡淡，淒淒冷冷，商店節氣闌珊
經濟慘澹時期，最是淒涼
處處人手不足，購物無人服務……

七年半過去了，情況並未好轉。來到店家，依然「處處人手不足，購物無人服務」，好像商店一直無意於努力加強服務，很讓顧客失望。其實過去的美國，不是這樣的。記得在1972年2月來到康州後，常去哈特福市商業區一家高級百貨公司G. Fox遊逛，幾乎每個櫃台都有位打扮亮麗的熟練女士盡職坐鎮，親切招呼。不用你去尋，服務員總在附近，購物是一種享受。當然因那時還是百貨業的全盛時期，與今天的網購盛行、百貨公司漸趨消褪的時代，難以同日而語。但無論如何，消費者還是渴求有些「人性關懷」啊！偏愈來愈多的商店，鼓勵顧客去透過電腦結帳，就為了自身的經濟利益，而不願多雇員工。倒是住家附近的超市Publix不跟著潮流去設電腦結帳，而是大開一長列結帳區，保證每位顧客都能受到和藹員工的親切服務，想其經理定有獨特眼

光，深諳人性關懷的溫馨與重要。

今天接到個YouTube，提及台灣雲林有家安養院在數年前開始採用新的照顧模式，為院中的老人家設想，不用餵食、不用尿片、不用綑綁，甚至能擺脫輪椅，以積極正向的協助和鼓勵，使老人家的依賴無能，經過有恆的復健，能恢復到進出來去，行動自如，自己如廁，自己進食，不再受困病床上，衰竭枯萎地了無生趣如坐牢。透過這仿自日本的「自力支援照顧體系」可以說是活得更有尊嚴，更有朝氣，更為快樂。從影片報導中，那些進步的老人家都滿面笑容。我想不僅因為照顧模式的改變，也因照顧員工們的滿腔愛心與溫馨溝通。這些第一線的看護們都經過一連串的特別訓練，包括得穿上黏濕濕的尿片走路，用黑布蒙上眼睛（模擬老人家的視茫茫），還被綑綁在病床上數小時，讓他們深切體會到院中老人家身體感觸的不適與心靈上受棄的孤獨感。訓練出了這份同理心，才能真正疼惜關愛受照顧的老人家，真心而耐心地去做愛的服務，而使對方開心得笑呵呵。好心情自然加速情況的好轉，從「人心」上下手的功效有多大呵！

這個愈來愈機器化的美國，還是要認知，機器取代不了人情味的。

2017/6/30

來日綺窗前

　　好美的五月天！在喬州。總算能完全甩脫冬寒的瑟縮，晨起就可無畏地輕盈外出，去迎接舒暢的楊柳風。前院萎了杜鵑，無妨，緊接著先後來了紅薔薇、艷芍藥、大木蘭、黃百合……最近，梔子花又白又香，開得密密滿滿；繡球花也圓漲飽滿，紫紅招展。處處香風襲來，暮春正濃。在這美麗的五月天，我專注於與花周旋，同時思念起過去多少個五月，我回去了台北。今年的五月，倒是佛州小弟「替」我回去了。

　　他和弟婦在5月9日啟程，我電祝他們一路順風，並叮嚀：「5/20的蔡英文就職典禮，傳傳YouTube給我啊！」小弟不負期盼，那天我收到了他傳來的中視實況轉播。又來電將他們落居的環境報告一番：整修過的台北娘家已闢出了一間蠻寬大的客人房，有雙人床、床頭櫃和書桌……大弟女兒慧文和先生住在樓上新闢的八樓，他們的小兒子已快滿周歲了。慧文工作的銀行真好，賜給員工三年停薪留職的產假，使她能專注於育兒。又在email中提到，去探望了93高齡的叔叔，除了最近腿力較弱，他仍神采奕奕，喜歡精細地做筆記；又長期坐輪椅的嬸嬸這回和客人無有互動。之後數周的沉寂，我知道他們玩到日月潭去了。

　　6月2日晚，我惦著他們該回到佛州了，正在時差，且不去驚

動，過一周再探問吧！沒想到昨晚小弟就來電殷殷報告他們如何從台北到日月潭，也是我想知道的細節：是先搭高鐵南下到台中的烏日站，再買南投客運的「台灣好行」套票，包括坐船遊潭、乘纜車、坐公車遊覽等等。住宿上，用較高價選了可看到全潭景色的旅館房間，他覺得景色幽美，相當值得。翌日清晨，還去走了涵碧步道，也去遊了九族文化村，有原住民的服裝展示和歌舞表演。又弟婦的妹妹送他們天祥一高檔酒店的招待券，使他們又多享受一次清幽的花蓮行。離台前的周日一早，他三哥（即我的大弟）特地開車帶他們經過雪山隧道來到宜蘭礁溪，泡了有名的溫泉，吃了有名的拉麵，還去遊了礁溪公園，走了林美步道。可惜歸來時，因是假日，雪山隧道大塞車，只好走較迂迴的北宜公路回台北。

又上機那天早上，突然暴風雨來襲，使他們在機艙內坐等了三小時之久，才得起飛。到了東京，已趕不上要轉的班機，只好另行安排，經過兩個城市，於夜深才回到Tampa。他後來得知那天的大雨使桃園機場破例地下室淹水，延誤了不少班機。是啊！大女兒來函說巴黎的塞納河畔也正淹水呢！還不提最近德州的多次水患和龍捲風。看來氣候異常正愈演愈烈吧？感謝我們能安居在平安的角落。通訊再發達，偶爾能回鄉看看，恆是遊子之夢。謝謝小弟！今年秋天，輪到我啟程了。

2016/6/4

按：文題取自唐王維的詩：「君自故鄉來，應知故鄉事；來日綺窗前，寒梅著花未？」

入春小記

　　漫漫嚴冬漸到尾聲，寂寂庭院也逐漸甦醒，又是得請來長工做些拉雜瑣事的時候。過去都是讓這雇用多年的波蘭長工為我的割草機換機油，現在沒這差事了。自從前年割草被黃蜂突襲數次後，再也不敢逞強，已由專人包辦割草，也藉此在割草上退休。這回請David來，倒是央他去買一套50呎長的水管，好換走前院那有破損的水管。想不到他問：「破在哪？我去瞧瞧，説不定可以修好呢。」

　　領他來到前院那一大串懸掛在牆邊的水管，又指給他看水管下方那一灘因不時漏水的泥濘濕地，邊對他説：「其實啊，這串水管不過買了幾年，蠻新的，不知怎麼去年才發現有一小裂縫，會不會是割草工人的機器不慎碰傷的？我試著用強力膠再纏上多層膠布，就是不管用。」

　　他看著那一截纏滿黑膠布的「胖肘子」笑了：「強力膠不行的。我可以去店裡買些零件來修修。」我告知他不用跑一趟Home Depot，就在附近剛新開了一家Ace，方便得很。果然他不到半小時就回來了。

　　我倒要瞧瞧他如何修法。只見他先將那些層層膠帶剪開，接著用刀片在裂口處齊齊切斷水管，再將一段買來的金屬小管塞

入切口處的兩端，併攏合緊後，其上再套上兩個買來的活動金屬圈，並以螺絲釘牢牢拴緊。他說It's OK now！並試驗著打開水龍頭，被我包紮過的那段果真滴水不漏！真太好了！今後可以自在用水，不用再煩憂一開水龍頭就漏噴得濕潮泥濘滿地。而最欣喜的是，不只省去了買水管的開銷，主要是保住了這50呎長的水管，不用再丟給地球一件垃圾。

解決了前院，我提後院水管的噴水器也有問題，怎麼關都還是漏水。原來好好的，自從去年油漆工人來用過後就如此。David轉轉瞧瞧，又旋開來看，說：「Oh，裡面的橡皮圈磨損了，我換個新的便是。」他修好了！這種由小處入手去完成大事，甚合我節儉及環保的心意，不亦樂乎！而David的節儉，顯然來自於其受過二戰之苦的雙親，挺類似傳統的華人呢。

想到多年來美國社會被鼓勵著以消費來刺激經濟，商人更巴不得顧客「常丟棄，多購買」以促進銷售，蓬勃其商機利潤。當愈來愈氾濫的短命產品時時讓消費者苦惱而疲於換新時，地球已承載了諸多難以負荷的垃圾了。畢竟，一個乾淨的地球才是全人類最為可貴而永久的財富啊！希望人人在迎接明媚春光時，能記得珍愛地球！

2019/3/21

八月碎語

　　每年八月中下旬，總有一大批美國孩子離家去上大學。孩子與父母同住，到此告一段落，從此羽豐離巢，去面對一片新天地。身為父母，難免會不捨，難免會有一份情緒激盪。

　　昨天收到的《讀者文摘》就有一篇文章 "Unprepared"，是一位演員，也是相當感性的父親所寫，字裡行間，瀰漫著對長子離家的不捨：從看他打點行李、陪他搭機東去，到租車開入學府……想起他剛出生時的一頭金髮，剛睜開的一對明眸，初為人父對他的愛心低語……不禁回想我自己，當初是如何先後打點四個子女離開家門的呢？長子獨立灑脫，自己搭了飛機北上康州；長女由老爸帶她開車東征北卡；二女兒由我陪她搭機北上賓州；小女兒由我開車，加上她姊姊陪同，北上田州……一樁樁的奔波、牽縈都已瞬去如煙，轉眼一個個大學畢業獨立了，這就是人生，不斷運轉的人生啊！然對於做父母的，最難忘懷的還是子女的童年，因為回憶常在腦際，對子女的長大離去，自然額外感到「逝者如斯乎！」

＊　　　　＊　　　　＊

　　每次外出旅行，因為提早抵達機場，總有一大段悠閒時間倘佯在機場的登機門。不愛落坐在嘈雜的人群裡，常揀正對著落地玻璃窗的座椅，望向大明窗外那些遠處起降的飛機和近處忙碌穿梭的行李車。這景象，常使我聯想起兒子小時候的玩具飛機場，眼眶不覺濕潮起來……他小時候在康州，因無兄弟姊妹當玩伴，老爸給他買了一套又一套的玩具，讓他玩個夠。我常跟他玩在一起。有一套是Fisher・Price的飛機場，他特別喜愛，包括一架白飛機，有水藍的機翼、一個駕駛員、一個空姐、兩個乘客、四件行李、兩個行李車、一個油車，還有個轉行李台……他常手捧飛機，上上下下地，玩得不亦樂乎！曾幾何時，他長大了，到目前仍是自在的單身漢，最愛來來去去，到處旅行，參加各地長跑，進出機場已是家常便飯。昨天又來電，聽說加州的妹妹要在九月底回來參加友人婚禮，他也要回來見妹妹，問我可好？我說：「怎麼不好呢！這裡永遠是你們的家啊！」這個巢，保存了多少他們的過往，他們的童年往事還在我腦中晃呢！

2015/8/13

再賞

清逸詩文提芙蓉
愛花情懷似劉墉
至今無緣見伊面
何日秋涼雅相逢

　　去年12月初，文友久彌電傳過來一篇他的清新小品〈芙蓉花〉，還附上一張他拍的芙蓉倩照。我欣然享讀欣賞，並一一存檔，還將文稿印出來，便於不時回味。未料數月來的塵忙，竟將它遺忘在抽屜中，最近才偶然翻出，一陣欣喜。

　　他的散文通常精簡，恬淡中雅趣盎然，清新可喜。他先提到王維一首芙蓉詩所流瀉出的落寞感。再提一首他偏愛的、洋溢著兒女逗趣的芙蓉民歌。最後自己續上一首俏皮深情的芙蓉詩。他說自己原想畫張芙蓉，又怕眼高手低，於是以攝影來捕下芙蓉花韻，再綴詩以抒懷。

　　我心中覺得好笑，因讀過劉墉的一篇〈畫芙蓉〉。他為了尋覓花蹤，不惜找遍記憶中台北的芙蓉景點，可惜滄海桑田，一再落空。總算一個偶然機緣，意外在民生社區驚艷，於是欣喜地專程過去癡癡地畫……久彌和他，都是芙蓉癡吧？

　　讀到散文，猛想到那張存了檔的芙蓉照呢？早忘了她的模樣。即去從檔案中尋出，呵！一朵淡粉紅和一朵雪白的相偎依，那份脫俗淡泊之美，已無法用言辭形容了。久彌說她：「一朵只開三天，第一天潔白，第二天變淺紅，第三天轉深紅，然後就捲起來謝了。」所以他的詩很妙：「……你月白風清的素面靜觀／不意卻被我癡望得／羞紅了臉／掩袖低眉。」

　　可惜我從未見過芙蓉花。願有機緣，當「卡城秋來早，詹園芙蓉好」時，能瞧瞧去！

2017/5/1

冬晨微語

今日，臘月二十三，年關逼近，正冰寒。清晨，照常順著綠柳巷走它一圈。

又來到圍著木籬的荒僻角落。仍記得耶誕節期間，木籬上疏落綴著串串晶白小燈，霎時亮出難忘的淒美。目前早鬧過耶誕，燈飾已卸，這角落再度回歸平淡。心中正嗟嘆著得再等一年──遊目間，忽瞧見木籬前方的大片草坪，已凍結得灰白一片，在朝陽下，晶閃出無數碎鑽！這份美，勝過耶誕燈飾了。這是上天自然給的點綴啊！何必拘泥著去盼冷落的木籬呢？聯想起多年前與亞城文友們的聯詩：

大雪封山氣象新
皚皚浩浩映窗明
塵障陷深方悟性
天寒至極始晶瑩

是啊！就得冷到極致，才能賞到晶瑩的美！

2019/1/28

利他的光芒

　　近讀《亞城憲報》生活版，有篇文題 Is Your Business for Dollars or Nobility？吸引了我的注意。是啊！在這唯利是圖的商業社會，除了慈善機構，哪家公司不是竭盡所能地要賺錢，要拚來一筆利潤，希望公司的營業額節節高升，年年財富滾滾？記得多年前在康州家中選修函授學校的會計課時，第一課開宗明義，即提到「公司以營利為目的」。當時心中很不以為然，覺得這種「目的」也未免太狹窄、太勢利了。那時我以顧客的立場覺得每家公司都應該以「服務」為目的，多為顧客著想的產品必然暢銷，利潤自然就來了呀！

　　未料過了這麼多年，心中的想法居然在報上這篇文章中兌現。這篇提到三年前，有位Lisa Earle McLeod女士與一家全球性的教育軟體公司的CEO商談，受邀參與他們三天的策略會議並積極獻策。Lisa為亞城銷售界首腦人物的顧問，並且是Noble Purpose Institute的發起人，提出了「高尚目標」（noble purpose）的重要性。她覺得公司推出的產品，應先考量到是否嘉惠到顧客，是否改善他們的生活？而這種高尚目標同樣也會嘉惠到員工。

　　目前世人投注大量時間在上班工作，工作的意義不應只是一紙薪水。上班的原動力應是奉獻個人的才幹去改善他人的生活。

而你不用去慈善機構就可達成這高尚目標。Lisa女士以此目標去運作，在近年內已大大提升了其客戶的收入、市場股值和員工參與。Lisa除了鼓勵同業者一起思考討論外，還期望有各界菁英一起聚首溝通交流，形成共識。她說，員工常常自陷於自家公司的泥淖中，但當你與同行者共處一室而面對相同的挑戰時，可以擦亮出新的思考，而領導者還可得到在自己小組外的各種不同回應。

　　她說，邁上更高遠的目標時，也邁上了更大利潤之途。不少大公司，從Hootsuite, Kaiser Permanente到HR.com等，在採用了她的理論後，已大大提升了銷售，改善了員工的參與及顧客的拉攏。這位有高尚理想的女士，在演講中燦著自信優雅的笑容，遠遠超脫了利欲薰心的商氣，多麼美麗！終於有人注意到服務的真理。

2017/12/23

可樂古瓶

　　從來不喝可樂，沒想到和它的瓶子，有這段因緣——

　　來到亞城，轉眼已滿25年，而這棟六十年代的磚屋也有50年歷史了。當初老爺子挺滿意這棟花數月才相中的房子，符合了我們的理想：又朝南，又是磚，又有五間臥房。可惜它的門面不頂堂皇，前廊雖有兩大扇落地窗，但被廊外的半高樹叢遮了，顯得隱僻。老爺子說無妨，如此「低姿態」，比較謙卑嘛！

　　且說護著前廊這排樹籬，不斷地竄高，我得不斷地修剪，免得看不到窗子。不記得是哪一年的暴風雪，厚雪將它壓低壓萎了。漸漸地在它底下，各種雜樹、雜蔓都來盤據，攀上它的枯枝在亂出鋒頭。直到最近，才下定決心，要一除了之，再來重種。一通電話請來多年的波蘭長工David，將整排樹籬悉數揪除。他又往下挖掘，剔除無數糾纏的餘根。今天下午，從窗內看到他在外頭溽暑中已做了數小時，於心不忍，抽空出去幫他除根，還和他有一搭沒一搭地閒聊。忽然他剷到某處開始有各種雜物出現。他先丟出一個小圓球，不久，竟挖出個玻璃瓶，提給我瞧。呵！看形狀是可口可樂的瓶子耶！David笑說：「這裡好像是個垃圾堆嘛！」「是啊！不知是哪個工人喝的可樂，在六十年代呢！」我們像在做著考古發掘。「留著，可當古董了。」他說。我急去

水龍頭下沖去沾滿瓶身的紅泥，一番內外清洗，它竟出落成透明的淡綠色，光亮如新，在那遙遠的六十年代，好厚實的玻璃呵！提起來沉甸甸的。瓶身清晰印著Coca Cola, Trade Mark Registered in US Patent Office, Contents 6 ½ FL Ozs.瓶底是Atlanta, GA. 我亮給David看，他說過去的人喝的是小小瓶，哪像今天的飲料普遍胖大瓶，胖子成群……

　　這次的「考古發掘」，掘到了五十年前的文物，只是此屋幾度易主，早已人事全非了。

2014/8/7

夏日組曲

飛逝

　　居家右鄰，原是一對白人老夫婦，多年前遷出養老，遷入了一戶年輕老美，有著約七、八歲的一子一女，常蹦蹦跳跳地進出。先生精瘦勤奮，除了上班外，包辦所有的庭院工作；太太較胖，其實長得蠻端麗，有個春天的名字，叫April，是早出晚歸的職業婦女，我很少看到她。倒是因為常去前院穿梭澆水，常和她先生Rodney打招呼，又早晚散步時，也常見他出來溜狗。就這麼大家各自日日、月月、年年地忙碌進出。直到上個月出外散步時，突見他們家前院草地上插著一塊牌子Congratulations To Caleb, Year of 2016 LHS。甚麼？他們家哪來的高中畢業生？怎麼可能？那個小毛孩？我心中滿懷疑惑。

　　上周六他們家後院盛大舉辦此社區的BBQ Party，音樂喧鬧，人語歡騰。我家甚少與鄰居周旋的二女兒也帶了份甜點，要去湊熱鬧，還央我帶她去引見主人。於是我領著她穿過一波波人群，見到了正忙得滿臉通紅的Rodney，對他介紹了Julie。他很高興我們也能響應這個盛會（其實我說說話後就要開溜，我不吃肉啊）。逮到這面對面的機會，我不禁問道：「是你兒子要從

Lakeside畢業嗎？」他迅速回道：「是啊！」我仍然不敢置信：「是嗎？I can't believe it！」在我心目中，他們的孩子好像一直停留在七、八歲那階段，我把他們當彼得潘了。怎麼忘了？我們剛搬來時，自己的小女兒也只是個小baby，現在不也大學研究所畢業數年，在做事了？時間呵，誰也不饒！我們的腦子也得隨時運轉，哪由你停留？這對芳鄰，不也不知不覺步入中年了？

驚綻

是三、四年前吧？我的兩位中文學生家長聯合送我一大盆團團盛放的粉紅繡球花，在春學期結束的五月天。這碩大粉麗的一團團，真的絕艷無匹！運到家中，暫擱後院，因正忙著打點回台，只囑女兒，記得澆水，等我回來後，再慎重地挑地移種，讓她美得永恆。

旅台回來後，一番研究，得知繡球花不經曬，最好是種在略有陽光的蔭處。於是前後院一番尋覓，看妥了前院靠牆向南的樹蔭下。因其體積龐大，特請慣用的美國工人David前來挖出大洞種穩。在她乾渴時，我適時灌水，倒也綠葉豐滿，年年在苗壯。令人納悶的是，年年五月，不見她開花。怎麼？她有「毛病」嗎？她是「不孕的女人」嗎？當初種她不就為了賞花？會不會是不法商人曾對她一番基改加工？之後數年的五月，我也認了，只當作是種了一棵綠樹叢。萬沒料到今年五月，驚見綠葉叢中開始冒出淡綠的小點花蕊，真是驚喜難喻，希望畢竟未落空啊！所以

她是需要三、四年來調適新環境嗎？現在她已球球展艷，亮出她應有的粉紅之姿，在前院眾花中，獨領風騷！

2016/6/10

多多益善？

　　最近從伊媚兒上收到個故事，一群富二代的老中來到德國漢堡的中餐館大擺闊氣，點了滿滿一桌菜；暢享之餘，還有三分之一的菜沒吃完，就起身付帳要離去，惹來鄰桌幾位德國老太太側目，上前指責。這些老中詫異，剩菜干卿何事？她們見這批闊爺無動於衷，於是低頭撥手機。很快來了位德國警察，對他們每位開出「浪費資源」的罰單，使他們不得不乖乖就範，在這人人必須守法的國家。

　　「豐足有餘」向來是華人追求的傳統，尤其是歷經戰亂、飽嚐饑荒的上一代，對於任何「不足」總是心有餘悸。記得從小，媽媽總要我們吃到飽，而不是剛剛好，雖然她自己吃得不多。去親友家做客，對方也總熱誠地使你撐到不行，沒人提倡「恰到好處」，非得殷勤熱絡到滿溢，才是有面子。這種傳統，也跟著華人飄到海外。記得七十年代在北康州時，國內某報社的女編輯來探望我們，外子熱切地請她同赴紐約中國城餐宴。外子闊氣地點了好幾道大菜。這位女士倒很理智，她說：我們三個吃不了這麼多，一道紅燒獅子頭和一盤炒青菜也儘夠了。說得也是，在那豐足的舊時代，每道菜都挺大盤的。外子勉強妥協，侍者的臉色可不好看了。

　　曾幾何時，世局滄海桑田，潮流演變，目前世界人口日眾，

資源漸趨昂貴，經濟不振，多少人三餐不繼，已由不得，也經不起地球村中少數人的隨意揮霍。有智慧的節制，正是利己利他的善行啊！

2015/6/12

巧遇

週二近午，頂好市場人不多，趕在去書香社前先去採買。

推著空車，掠過諸多排排，想去直取豆腐。忽在不遠處，有張好熟悉的中年華人面孔，在對我微笑。還來不及尋思，他已先用英文向我打招呼、問好。喔，對了，他不就是小女兒艾梅小提琴老師的先生Raymond嗎？幸而我從一開始就對他微笑，未露出遲疑。

算算，整整十年沒見面了，他除了添些白髮，面容如昔。他迫不及待地詢問艾梅的近況。當初艾梅是他夫人相當寶愛的學生啊！「噢，她已經研究所畢業了，目前在加州工作。」看他欣慰的笑，我又添了句：「她還帶了那把向你買的好琴去加州呢！仍然每周在交響樂團中演練。」他的笑更欣喜得漾開了。我問他仍在ASO（亞特蘭大交響樂團）嗎？他點點頭。記得他當初是團中小提琴的首席啊！

我又問起他夫人和女兒，他立刻掏出手機，秀我看一張她們母女的合照。這混血小女娃已出落成長髮披肩的小少女，偎在媽媽旁邊笑得好燦爛。不禁憶起這位洋夫人當初高齡懷孕的艱苦時光，尤其產後休養期間，Raymond的不辭勞苦，日夜替夫人照看女嬰的精疲力竭。他的滿頭黑髮，就是那時開始冒出銀絲……

他夫人未懷孕前，我曾為這對恩愛的樂壇佳偶寫過一首長詩〈諧〉，開頭就寫的他──

　　如此親切的一張東方面孔／而我／無法用國語和他溝通
　　服貼的黑髮下／發亮的黑眼瞳在訴說／他的祖先來自廣東
　　牆上龍飛鳳舞／一幅柳宗元的江雪漁翁
　　他說／是叔父在香港所送／而他／看不懂
　　那滿頭褐色捲髮的洋夫人呵／在旁笑望著他／透著尊重／……

那幅江雪漁翁，可能仍懸在他們家牆上，對著多少學子，一批批，送往迎來……

最難忘老爺被裁員後，家中經濟緊縮，我差點要中斷艾梅的小提琴課。他夫人紅著眼眶，幾乎要啜泣，苦苦求我：「Please, don't, she's a precious gem, she shouldn't quit….」又自動要打半折，希望我再考慮……往事沒有如煙，這一幕如此生動，恆在我心上。

和他揮手道別時，誠摯地請他代候夫人，「I will email Emily tonight！」

2016/9/29

度

　　九歲那年，隨家人由幽靜的山城遷來較熱鬧的小鎮——瑞芳。因父親改行，自己創業做煤礦，再無公家配給之宿舍，暫時賃屋而居。

　　屋主在樓下開設撞球場，樓上前邊已住著另一家，我們擠在樓上後邊。相當侷促的生活環境，但不得不適應下來。

　　記得對街有家小戲院，經常放映鍾情主演的電影。於是鍾情的笑、鍾情的歌、鍾情的桃花江，常在我小腦袋中流唱……

　　父親摯友高叔，就住屋側坡上林中。其女小吟與我同齡，我們同校、同級，常相往來。小鎮生活，頗不寂寞。

　　樓上前屋一家，有位大女孩，亭亭玉立，一臉秀氣，笑起來像鍾情，常留著一頭長髮。專愛說鬼故事，誘得人又怕又愛聽……

　　房東廖姓夫婦一家子住樓下。實在弄不清他們到底有幾個小孩？好像是一年一個，至少有九個吧？其中一個長得很伶俐的小女孩，「分」給了對街戲院的老闆娘，當起富家女了。廖太太是高叔的姊姊，也因高叔的關係，我們這外地人能很快住進來。住了三年，搬去台北前，她仍有小的，還在爬……

　　廖先生皮膚黝黑，是位電線工人。常聽到他下工後的朗朗笑聲。廖太太的忙碌自不消說，一大群子女，夠折騰的。好像她也

受過一些教育，頗識得字，但家事子女可把任何優雅的女人磨得瑣碎枯竭。我從未特別去留意她，她得招呼店面，照顧子女，兼顧房客，在眾多雜事操持和衣食奔忙中淹沒了。只有一次，深刻得教我忘不了。我奔下樓去——

是個無情的豔陽天，廖家的次子急匆匆趕回，石破天驚地迸出一句：「爸爸剛觸到高壓電，已經——」淒厲的哀嚎來自這新寡的婦人。只見她跌坐在大統鋪的草蓆上，哭聲震天，身旁，坐著、靠著、爬著，圍了一大群子女……

不久，我們搬離小鎮，來到熙攘的台北。時光荏苒，某天下午，我在寧安街公寓家中試穿婚紗禮服，忽然，媽媽推門進來告知：「瑞芳的廖太太來了！」我驚得不敢置信，一時，多年前她那驚魂奪魄的撕裂悽嚎、塵惱圍繞的無助可憫，又歷歷如繪，浮上腦海。這十多年間，不知她是如何熬過來的？

來到客廳，沙發上端坐的她，竟沒有憔悴，沒有滄桑，沒有哀苦，沒有痕傷。在窗外的夕陽餘暉烘托下，依然是舊日的五官，卻又恍若脫胎換骨，換了一個人。是那對射著慧光的眼神？是那付怡然篤定的神態？是那抿著了卻一切苦的微笑？一頭微閃銀光的烏髮，梳得光溜溜的，光溜得像她的心境？使我震驚，使我想探詢。正充滿疑惑間，只聽她悠悠地對媽訴說著：「這些年來，我常常去汐止呢！在靜修院一待就是一下午，聽師父講經……能聽聞佛法，真是難得……」

霎時，我懂了。她彷彿已照見五蘊皆空，度一切苦厄……

（原刊北一女《綠園》第二期，2000年6月）

思憶趙校長

　　歲末將盡，忽接訃聞，一時眼濕，不禁憶起諸多往事──

　　在1989年剛遷來亞城時，身為華人，很快就接觸到此地僑社，經常與外子進出華人圈，參與各項活動。來到僑教中心，常可看到這位創辦者趙增義先生（大家尊稱他趙校長），進進出出地忙碌，還為各種活動張羅著挪桌子、搬椅子的。事事躬親，而從不端著架子讓人伺候，看到的總是在忙著付出、忙著服務的趙校長。後來才得知，樓上的中文學校，也是他所創辦。據云許多早期的留學生來此，常由趙校長伉儷負責接待照顧，視如己出。我當初正熱絡於投稿世界日報，經外子的好友提議，才試著耕耘趙校長創辦的此地首份華報《華訊》，而認識了一批文友。此報很有中華傳統韻味，選定月初、月中出報，豈不暗合陰曆的初一、十五嗎？月月我不錯過趙校長那精彩中肯的社論，透著他的獨特見解和忠摯期望。可惜此報在1996年夏無辜遭政治襲擊，被迫更名為《華聲》，持續奮鬥著撐到2006年5月才休刊（此後我才轉去耕耘《亞特蘭大新聞》的亞城園地），成就了亞城華人圈一段難忘的報緣。

　　1996年6月，此地的活躍文人唐述后聚集亞城藝文界人士成立了「藝文社」，也請入了趙校長為社中要員。同年11月，我去

接了王楓教授和趙校長一起前往位於東郊316那邊的李宅唐述后家參加藝文秋聚。對於不慣開長途的我，難免心中忐忑，幸而座旁的趙校長，雖因視力問題不開車，卻頭腦明晰，東南西北一清二楚，猶如我的GPS，沿途多虧他細細指點，才順暢抵達，至今難忘。他老人家秉有諸多傳統儒士的美德，他謹持操守，不逐名利，他薄己厚人，廣結眾友，他愛國愛人，慷慨濟困，所以他的社交圈極為廣闊。若有幸在宴席上坐在趙校長身邊，會受到他殷勤的夾菜服務。他口才好，大家喜歡聽他說故事，若遇上也擅長言談的僑社要人駱思遷在場，他們之間一來一往的搭檔趣談，就更為精彩。他又頭腦善記，罕有一位他不記得名字。見了我，他就會提起外子的名字（他們在德州認識）。在華人重大聚會的場合，他和夫人常是眾客爭相前往問候寒暄的對象，為僑社散發了諸多溫馨的氣息。

2006年11月，唐述后再組書香社。同樣地，趙校長再度成為我們的一員，雖那時他已年逾80了。隔年5月，他還為我們主講了《水滸傳》中的宋江。他很喜歡水滸，有回在唐姊家大談水滸，眉飛色舞中，誤將林沖講成林彪，全場哄笑。畢竟歲月不饒人，漸漸地他少來書香社了，何況一趟到中國城，對他並不簡單。因夫人忙，他常得自搭MARTA前來，我們都覺得很不捨。後來他真是引退，再也來不了。我曾感慨地寫了篇〈人生的後四十回〉。是啊，誰無生老病死？人人都得經歷。感謝曾經有過的諸多美好回憶。想他的遺囑如是地低調無我，不要任何儀式、任何奠儀，正是他一貫的不擾人作風，卻曾對僑社鞠躬盡瘁地奉

獻。他的睿智，他的誠懇和至死不渝的忠黨愛國，恆是僑社難忘的榜樣！

2017年元旦

惜水情

　　媽媽過去常說：「這輩子浪費水，下輩子就得出生在沙漠。」她老人家從小奮鬥過取水的艱辛，真是點滴在心頭，哪像我們這代人隨時打開水龍頭，就可方便享用？

　　且說美國地大物博，不少能源物資都比世界其他各地來得豐饒。尤其是水，向來遠比電費便宜，一般人盡可放懷沖澡淋浴，不覺心疼。直到近年來因地下汙水的處理費漸高昂，使得水費也節節高漲，漸逼近電費。數月前竟收到一封數百元的加倍帳單，這才愣住了！是他們搞錯了吧？平常用水雖未額外節制，也不曾過分隨興啊！通常老美會抗爭去！但若無必要，我寧可息事寧人。想他們應是照碼表來下帳單，一板一眼的，會出錯嗎？且按捺下來，等下一期（兩個月後）帳單過來，看情況再說。

　　於是這段期間，仔細審查自己的用水。因為絕少外食，成天在廚房燒煮洗刷，自然得多用些水；加上愛乾淨，少不了擦拭清理，也是用水；又為照顧庭院，維護妊紫嫣紅，早晚澆灌，更是常用水……水啊！如此方便，好像取之不盡，用之不竭，不曾手下留神。最近雖然照常用水，但已多一分心思去感恩領受。至少，多年來已學著婆婆的節儉，養成洗菜水用來澆花的習慣。

　　當帳單又再度來臨時，真是心懷忐忑，戒慎地去打開。抽出

一瞧，阿彌陀佛！它已不是我害怕的數百，而是一百多，回復正常了！不禁舒一口氣。真弄不懂上回的高昂是怎麼回事？總之，今後額外感謝有水可用！

舊時代的人，豈只是水？任何物品資源，都思來處之不易，取用時額外謹慎。媽媽是連一張白紙，婆婆是連一截毛線，都不隨意丟棄啊！

2016/7/15

意外的禮物

　　周一上午，正專注於從網站上聆聽淨空法師在印尼的接受訪談，忽來少有的門鈴聲。不慣迎見陌生人，幸而是郵差，遞來從日本寄給我的包裹。我納悶地簽了名，心想，是誰啊？

　　上樓細審郵件，是來自日本兵庫縣的清水女士。兵庫？以前我大女兒就住在兵庫縣的神戶啊！齊整地剪開後，先躍出一張圖畫明信片，背面是用印刷體寫的英文信，大意如下：

　　親愛的王女士：

　　　　您好！我是清水美沙。抱歉，我的英文不好。

　　　　您的女兒貞妮在日本時，是我的好朋友，我們常一起開車去玩，去溫泉，去沙丘……都成了我珍貴的回憶。她好可愛，好伶俐。離開日本前還送我一些耶誕飾物，我好喜歡那些五彩的玻璃珠珠。

　　　　現在我自己做了一個衣袋要送給您，布料是用我媽媽的和服腰帶，我媽媽很喜歡穿和服呢！順祝

　　　　安康愉快

　　　　　　　　　　　　　　　　　　　　Misao　敬上

　　我觸摸著那一呎見方、亮出銀緞花的米色厚布衣袋，心中漾著驚喜的溫馨。這來自異國的友情，竟遠伸到美東。日本人整潔細膩，珍貴的衣裳常收存在衣袋中，也適用於旅行。她還用原布做了裡子，袋口又安了金屬內扣，好巧的手工！還附寄了一本金燦燦的日文月曆，在2015下閃著「金運」兩大金字。為回報這份難得的東瀛心意，我感恩地寫了張謝卡，夾上2010年遊京都與女兒的合影，並加上一套中英對照的《靜思語》書籤，來個中日文化交流啊！

2012/3/14

指責與反思

　　《亞城憲政報》常在正版後面有一欄Balanced Views讓左右兩派人士自由撰稿發揮。今晨得空，細讀了兩邊。左派的Paul Krugman談川普的氣候決定主要源於怨恨，倒不無道理。右派的Mona Charen則提到變動的家庭結構導致青少年憂鬱症的蔓延，我更是深有同感。

　　今天上午開車北上，來到Roswell Rd的RBM車廠換胎。在等候室中翻到一份《美國今日新聞》USA Today的讀者意見欄，又讀到一篇中肯的好文章。主要是針對川普總統最近對德國的不滿和指責。處處以美國利益為優先的川普猛烈抨擊德國多年的國貿盈餘，卻不大慷慨斥資去購買國防武器。這位作者覺得與其滿腹牢騷地咒罵德國，為何不虛心冷靜地去學學德國的優點？

　　只要稍加比較，就得知為何德國的經濟經營比美國來得高明。首先，德國的稅法是鼓勵人民儲蓄與投資，公司所得稅只徵收15%，但消費稅卻高達19%。而美國卻鼓勵人民借貸與消費，公司所得稅高達35%（川普雖要大幅刪減，但尚無方案彌補損失）。立足點已是不同，自然一個穩定繁榮，一個債台高築。

　　另外德國很注重人民的生產力，常有對人民的職業訓練與再訓練。又對人民的工作有較佳的保障，公司若任意裁員，要繳

罰金。對於不去找工作的失業者不那麼縱容地給救濟金，但對願意再工作者會給予諸多鼓勵。若失業的員工找到個待遇不高的工作，仍能領取一部分的失業救濟金。

德國很看重製造業，目前其製造業佔德國經濟的25%，而在美國只佔12%。所以美國應當先研究並效法德國的優點，而不是只用惱怒的語言去鞭笞他們。美國的領導者若能虛懷善納，則人民有福了。

政策是如此緊密地關聯著一國的興衰，不是嗎？

2017/6/5

數字文學

　　中文很妙，可以在大量成語中，涵納不少數字，使成語更為平易傳神；也能在詩詞中，巧妙地嵌入數字，居然剔透出別樣的美感，相信是世界其他文學中罕見的。

　　一般來說，數字本身是一板一眼的，一就是一，二就是二。但綴入成語中，它竟能超脫其本身數值的侷限，唯妙唯肖地脫胎換骨成無止境的意象化。除了「一」字被廣泛採用，如一模一樣、一目了然、一針見血、一鳴驚人、一絲不苟、一路順風……等等，其他的數字往往也成對地搭配出繽紛的組合，如三三兩兩、三姑六婆、三頭六臂、四平八穩、四通八達、五花八門、二八佳人、九牛二虎、一言九鼎、一五一十、十全十美……等等。至於「百」、「千」、「萬」等，更有得「耍」，如千辛萬苦、千迴百折、千頭萬緒、千嬌百媚、千言萬語、萬紫千紅……真是眼花撩亂，多不勝數。

　　至於善將數字嵌入詩中的，當數晚唐以七絕見長的著名詩人杜牧。提到杜牧，大家會聯想到他的名句：「商女不知亡國恨，隔江猶唱後庭花」或「東風不與周郎便，銅雀春深鎖二喬」或「十年一覺揚州夢，贏得青樓薄倖名」。但最讓我驚豔的是他的〈江南春〉和〈寄揚州韓綽判官〉：

　　且讀「千里鶯啼綠映紅

　　　　水村山郭酒旗風

　　　　南朝四百八十寺

　　　　多少樓台煙雨中」

　　在第三句的轉折中，他大膽地用了一個大數目480，這個數目再接上美美的一句「多少樓台煙雨中」，等於把江南之美大大地開展了——多少殿宇輝煌的佛寺，都隱入了迷濛煙雨中。那個數目，在詩中不但不板，反因牽上了「樓台煙雨」格外顯美！

　　再賞「青山隱隱水迢迢

　　　　秋盡江南草未凋

　　　　二十四橋明月夜

　　　　玉人何處教吹簫？」

　　這是他寫給在揚州當官的友人韓綽。前兩句寫江南秋景，令人亮眼讚嘆的是後二句。「二十四橋」有兩種說法：一說24座橋，一說是橋名。不管怎麼說，詩中用上數目字，常使全詩讀來平易親切，勝過藻飾拼湊出的詞彙那般拗口難解。此詩妙在「二十四」之後接綴了一長串形成文學美的「橋、明月、夜、玉人、吹簫」，使後兩句給人的感受是晶明剔透，不亦美哉！

　　一般說來，華人精擅數字。是我們的祖先發明了算盤啊！但我們居然還將數字「昇華」進文學中，善哉！善哉！

2017/8/25

文化跡痕

　　期盼中的冬季奧運終於在2月9日周五開幕。世界各地的記者群紛紛湧去了南韓平昌。近年來南韓在各方面突飛猛進，這回更因冬季奧運而吸睛全球。

　　由於晚上八點才開始，我這早睡族只撐了一小時。在各國團隊執旗出來繞場前，已看到不少韓國國旗在會場飄揚。見到了他們的「陰陽旗」，頗覺親切，忍不住對在旁的女兒說：「看到嗎？那就是我們的陰陽圖啊！以前對你解釋過的陰陽嘛！他們的文化源自中國。」女兒眼尖，迅速提問：「那四角那些一條條的東西是甚麼？」「Oh,」我不禁覺得好笑，怎麼自己從沒去留意那些八卦符號？對於深奧的《易經》實在所知有限，只能含混地解釋：「Well, the solid stick is Sky, the broken one is Earth. Um—— there are 8 different arrangements for—— anyway, there are 64 different sets in total to indicate 64 different—— situations.」她聽我說得支吾，也就不再細究了。總之，中華文化之博大精深，豈是三言兩語能表達？何況要翻成洋文，更是難煞人也。是啊！原來今日南韓亮出來代表他們國家的竟仍是「漢意昭然」的「八卦陰陽旗」。雖說近年來他們努力在文字中摒除漢字的夾纏，甚而將其首都漢城改成首爾。在竭力「排漢」之際，再無心力去更動他們的國旗了吧？

　　國旗昭示了朝鮮的歷史，中華文化又何嘗不是諸多亞洲國家的總源頭？認同源頭，應該不是一種恥辱；尊重源頭，才顯出一國的坦蕩風度啊。比起來，日本是相當仰賴漢字，也相當尊重漢字的。不尊重都不行，因為他們的文字若去除了深具凝意之美的漢字，不過剩下一串串只能當表音符號的平假名和片假名而已，也就沒有日本文學了。日本人算相當「禮貌」，盡心保存了不少寶貴的中華國粹，並發揚光大，值得華人借鏡。

　　在人類歷史上，往往於改朝換代、瞋恨屠殺時，就大肆破壞舊文物，以彰顯其新勢力。若能放寬柔些，將既有的加以保留維護，才是全人類的福祉。假如項羽不燒咸陽宮[1]，八國聯軍不燒圓明園，小布希不轟炸兩河流域……不知能免去多少憾恨。其實總結，全人類也不過是一個源頭，所以我們的孔聖人說：「大道之行也，天下為公。」

2018/2/11

後記：完稿後，上Google搜查，原來大韓民國的國旗又稱「太極旗」，白底象徵純潔和平，中央紅藍的太極儀代表陰陽，而四角的黑條圖案為八卦中的乾坤坎離四卦，分別代表：天春東仁、地夏西義、水秋南禮、火冬北智。此構思設計來自古中國的《周易》。

---

[1]　一般的說法是項羽大燒阿房宮，但據2007年中國社會科學院的五年實地考古勘查研究報導，「火燒三月不滅」的應是渭河以北的咸陽宮，而非只建了前殿、並未完工的阿房宮；因前者有大片燒痕，後者沒有。

新年新食

年底，孩子們一個個回來過節，熱鬧了四、五天；很快地，一個個又走了。家中褪去耶誕裝飾，再回復往昔的平靜。

清晨煮甜薯麥片粥，是我近年來習慣的「晨間節目」。今早煮的，倒不是平日常買的美國路易斯安那州那紅豔豔甜薯，而是上週小女兒和她男友上農夫市場試買給我的日本甜薯。削去暗紅的外皮，裡面赫然是我沒見過的白色；等熟透了，竟轉成淡綠色，好奇妙呵！入口，是細嫩嫩的甜。正是新年添新食，又多接納了一種食物。想起自己每週上農夫市場，總是匆匆地推車挑買慣慣的那幾樣，很少閒適地遊逛尋覓新奇。

記得數年前某個感恩節，應邀前往美國太太家午餐，她兒媳婦也回來下廚幫忙，調弄出一道精緻美味的沙拉，除了不少菠菜外，還綴了一些圓圓小小的翠綠芽甘藍（Brussels sprouts），那是我第一次嚐到，脆嫩嫩的，滋味不錯。之後，我才懂得去留意尋覓。

又大前年夏天，赴佛州小弟家參加他大女兒婷婷的婚禮，小女兒芬妮在廚房忙著料理晚餐，要迎接剛進門的我和艾梅；她推出的數道菜餚中，有道雞炒飯，還放了吃起來黏黏滑滑的秋葵（Okra），我過去在市場見過，只是不大認識它，沒想到去買。

此後，就將秋葵列入了我的飲食採購單。

　　我們平時常喜歡照習慣行事，偶爾不妨放眼周遭，多多試探，新奇加點冒險，說不定能添些意外之喜呢！

2015/1/9

晴趣

　　數不清多少寒雨淅瀝，滴答個沒完。這個冬，怎麼就如此陰霾呢？好不容易，周日上午，輪到豔陽來出鋒頭，一整天是難得的晴朗舒暢。我和兩個女兒來到亞城西北郊的Sope Creek Park健行，這也是回來度假的大女兒貞妮提議的週日節目。

　　我們漫步於冬林寂寂的微潮小徑上，暢享難得的陽光。小妮子不愛隨俗的本性不改，非要多花些時間去走常人較少涉足的迂迴外圈，多次讓我擔心會迷困在林深不知處。兩次跨過了潺潺流水，最後總算「安全」回到出發點——停車場，使我笑對妮提起美國名詩人Robert Frost的一首名詩〈吾道寡人行〉（The Road Not Taken）。

　　停車場附近樹下設有好幾組桌椅。因早過了午餐時間，我建議就在樹下用餐（我們帶了家中備好的海苔飯糰和點心）。偏這妮子講究情調，寧可大家再走一段路去湖邊午餐。

　　來到清幽的湖邊，幸而在沿岸的木條陽台上，有長排木階可歇坐，倒也方便舒適。勞累後的餐食特別可口，我的鮪魚醃黃瓜壽司、嘉麗的芹菜條沾醬和一袋小脆餅都分些給貞妮。妮要我看對岸遠處的群鴨嬉戲，我正仰望掠過的雁群和無比純淨的藍空，又想起Robert Frost的一首〈殘碎的藍〉（Fragmentary Blue），

呵！這片如洗的澄藍，可不就是他詩中所説的When heaven presents in sheets the solid hue ？

　　好一段「湖畔野餐」，很欣慰沒有辜負珍貴的好時光。明天中午，小妮得啟程回法國去，相信還帶著不少珍貴的回憶：多少餐聚，多少逛店採買，多少聊聚……下回相見，應是在五月的加州，她小妹艾梅的婚禮啊。

2019/1/6

暑天絮語

　　向來，過慣了團團轉，很怕閒盪盪。自從老爺子先走了之後，時間霎時多出不少，豐沛得任我隨意取用，反而有些失措。這時才深深體會文友久彌的那首〈免費的日子〉，彷彿有「殺」不完的時間。但願我能像他詩中最後那句，在每日免費送來的「白紙」上，畫起美麗的圖畫。

＊　　　＊　　　＊

　　上個月還竊喜著：這個夏天怎麼這麼舒服啊？每天涼熱得恰到好處，不用開冷氣，滿院綠蔭送涼來。沒料到，一入七月，夏的氣焰才真正燃燒，忙不迭風扇、冷氣輪番上場，西瓜、鳳梨、芒果再美不過。晨昏健行倒不能省，不管多早，不管多晚，總得出外溜它一趟。怕熱的老美，已不敢出來了，往往小徑上只有我一人。畢竟來自寶島，這份熱還撐得過。記得有年暑天散步，遇上對街的蓓絲，牽著她的愛犬，搖著她的金髮，大呼吃不消、受不了，她說：「I don't care if it snows now！」

2017/7/15

暮春碎語

綠蔭

當初剛搬來時，留意到後院有一片森林，尤其在夏日，密林深幽，但還望得到遠方的天空。

一晃快28年了，曾幾何時，這片森林已高聳到蔽日遮天，後院也被重重綠困，深匿在諸樹的懷抱中了。在它們的庇護下，曬不到豔陽、淋不到雨，天天像在樹屋中進出，暢吸清涼。代價是不時得清掃群樹掉落的「副產品」，尤其在目前這暮春時節，沒完沒了的各種樹絮紛落滿地，日日像樹奴一般永無窮盡地清掃。但想到藉此健身，也就做得無怨了。

牡丹

真真個如詩仙李白所描繪的「一隻紅艷露凝香」，前院的牡丹，年年在暮春時節，飽蘊姿容，華麗盛放。好飽滿的紫紅初破，已亮麗奪目，豔冠群芳，如貴妃登場，仙后下凡。若各色花兒來場選美，她必摘后冠。真真是得天獨厚的花王啊！

　　《紅樓夢》中有句：「開到荼蘼花事了」，我們這邊倒是群花輪艷從未了。從早春就綻放的茶花、水仙、風信子，一直到杜鵑、山茱萸、百合等等一一退隱後，接著是牡丹、梔子花、木蘭、繡球花、薔薇、紫薇、玫瑰、金針、荷花⋯⋯再到秋天的桂花、菊花、冬天的耶誕玫瑰等等，一年四季，輪番上陣。愛花人兒頗不寂寞呢！

2017/4/28

歲初感言

　　這是個飛速變動的時代，現代人得時時因應調適，方能迎上潮流，而不致格格不入，遭到淘汰。

　　相信不少創新，總是有所改進。問題是，人類的文明需要無窮盡的變化翻新嗎？應有一個最妥適點，已進入了最完美境界，可持之以恆，不再需要更多變動吧？就以汽車來說，我自覺相當滿意過去十年來推出的新車，許多性能都已電腦控制，將汽車可能發生的毛病減至最低，甚至連胎壓太低都能在眼前顯示，相當方便。卻為何近年來的新車，竟然「進步」到毋須用鑰匙就可發動？「手拿鑰匙發動」向來是駕駛者開車前的基本動作，連這個動作都省去，後果是有人將車開回車庫時，忘了用遙控熄火，使車子在車庫內空轉一整夜，導致全家人一氧化碳中毒……

　　各行各業的「進步」，必也歇乎？現代人在瞬息萬變的科技上衝刺得還不夠累嗎？我們要跟著變到哪裡去呢？是否偶而放下手上的寶貝，給親人一個關懷的微笑，和友人一番面對面的聚聊，聞聞花香，看看藍天。超越塵喧，大自然是如此美麗！

2016/1/7

洋緣

　　每日慣常的黃昏散步，常會遇上不少熟面孔，他們都是「健步族」，應該說是「溜狗族」，因十之八九都有寵物陪著。沒料到有位常見的瘦挑金髮女士（總牽著她的大狗）某日竟微笑地問我：What's your name？我答：Lucy。她笑了，回道：I'm Susie。之後再逢，她總記得喚我的名字，我也回喚她。我們好像更親近了。

　　前天周五傍晚，我們又相逢，她竟主動遞給我一張手寫的卡片，邀我次日週六去參加他們教會一年一度的International Welcome Party（國際歡迎晚會），還給了我詳細地址和她的電話。我吃驚地道謝，吶吶地表示，次日得去中文學校，回到家看情況吧？

　　昨天週六，在天氣炎熱中疲憊地回到家。心想，自己不是基督徒，「闖入」他們教會難免有所顧忌。隨後想到既然對方是善意的邀請，我何不善意回應呢？於是，一番休憩後，給她捎個電話確定，就梳洗換裝，提前出發了。因她說是四、五百人的聚會，早出門以防停車不便啊。

　　來到Intown Community Church（內城社區教會），順利停了車。入內已是人潮流動，人語喧譁。填了報到卡，很快找到在當招待的Susie，她親切地和我寒暄敘聊，又介紹我認識好幾位也是

她請來的朋友。我聽到周遭有熟悉的華語，這才留意到場內充塞著不少老中呢，還有穿旗袍的女子。

　　當晚，美味繽紛的自助餐宴，涵納各國口味。台上的表演節目，有來自非洲剛果的熱帶歌舞，有來自歐洲、南美、東南亞、日韓、中國等世界各地的各地方言問候……是場挺有意思的國際交流饗宴。

　　返家，給Susie發了謝函，還傳去自拍的荷花照，她也愛攝影啊！

2017/9/24

淵遠流長

我們華人要認識對方，第一句話常是：「您貴姓？」姓，好像遠比名字來得重要，它是一種歸屬。過去的傳統重視「傳宗接代」，也為了要把這個姓傳承下去，使其綿長不斷。雖說華人人數龐大，但也不過百餘個姓氏，除了少數罕見的，挺容易找到同姓呢！

最近收到書香社友人傳來個Link《姓氏尋宗》，一打開有一百二十五個姓氏，隨你點擊，就會出現對此姓氏的歷史源頭解說。我自然先找自己的本姓。打開驚訝地讀到：

「曾氏是軒轅黃帝的後代，夏禹王的63世孫，黃帝25子昌意為曾姓之祖……」又點擊一些其他的姓，發現不是源於黃帝，就是炎帝，所以我們果然都是炎黃子孫啊！過去王室的子嗣眾多，往往諸子被分派到各封邑後，再以各封邑之地名為姓，才繁衍出百多個姓氏。又常因戰亂遷徙，也有改姓之事，像「王」姓的來源就相當複雜，至少有六個源頭，有不少姓氏後來才改為王姓。不說改姓，光是與異姓的結姻，我們每個人多少上溯的祖先，也不知與多少其他姓氏結了姻緣？

黃帝、炎帝屬於上古神話時期，總覺縹緲空茫。提到自己的本姓，我能聯想到最久遠的是春秋時代孔子的著名門生曾晳與曾

參父子。感覺上，「曾」是相當斯文的姓啊！但做自我介紹時，我倒是提出大家熟悉的清代名將曾國藩。記得剛考上台大時，突接台北「曾氏宗親會」的信函，說要表揚曾姓的上榜者，請我們去某處領獎。當時覺得好溫暖，過去從未留意有這麼個宗親會存在呢！

1980年夏末，思鄉回台，待產期間，突生意外，急入長庚醫院。因失血過多，醫生堅持得趕快輸血。我虛脫地望著垂掛在床側的暗紅輸血袋，留意到印有捐血人的姓名，趨近一看，是姓曾的耶！一時熱淚盈眶……

剛到亞城頭幾年，年年和外子去參加台大校友會。記得有回是在中國城頂好旁邊的一家餐廳。入內，眾校友雲集，好不熱鬧，人人得先貼上名籤好互相認識。我那套黑絲絨閃金花紋的禮服雖好看，名籤卻貼不牢，不久就落地了。正巧一位男士過來，他很快去彎腰拾起，口中還唸道：「自摸！」等他拾起翻過正面一看：「唷，妳也姓曾！我們同姓啊！」我們都笑了。

華人常因同姓而更形親近，其實若加上其他的姻親，可說是「四海之內皆兄弟」了。我們這些飄泊海外的華人，何忍再分彼此？更應互愛。

2016/5/20

淺談《醉酒》
——為2015/7/4文聚而寫

　　今天要和各位分享的是我對京劇的一點點感受。高中時代在台灣開始接觸到電視平劇。隔了四十多年，最近才和京劇在YouTube上重逢，感到特別親切。

　　我覺得京劇是一種真善美的綜合藝術。真，因為它演的都是歷史故事，從秦漢直到明末，多少故事搬上了舞台；善，因為它的內容大多是忠孝節義；美，因為胡琴拉出的西皮、二黃很是婉轉流暢好聽，到了《貴妃醉酒》又加了視覺美。

　　過去除了慈禧太后，女人不能拋頭露面去看戲，更別提上台演戲了，所以觀眾主要是男性，資深的戲迷以聽戲為主，尤其熱愛老生戲，所謂生旦淨丑，老生的角色是高高在上的。後來社會開放，女人也解放了，可以外出看戲，戲園了有了女性觀眾，京劇的表演走向也增添了視覺的美（女人不只是聽，還喜歡看啊）。自從梅蘭芳精心改編了《貴妃醉酒》後，可以說是將京劇藝術的視覺美推到極致。且看楊貴妃一出場那份雍容華貴，頭飾和服裝行頭的璀璨華麗，蓮步娉婷，身段的圓轉流動，眼波顧盼在玉手舞扇間，端貴而不失嬌柔，嫵媚而不流於輕狂，是內在美的高雅展現。能將梅蘭芳構想中的貴妃角色演繹得恰到好處的演員不多。就須深得精髓去心領神會，融高貴

雅歛於一爐，再華麗婉約地透過眼神、唱腔和動作優雅流露。
也算是一種精深的中華文化吧？

　　時代變遷，現代人的生活步調愈來愈快。偶而鬆閒下來，
重溫遠去的歷史故事，品賞慢悠悠的京劇唱腔，也算是平衡緊
張生活的一種調劑吧？京劇，這美麗的文化遺產，我們何忍讓
它流失？

2015/7/1

清泉

　　他，走了，只65歲。雖不算長壽，卻在生前無比快速勤奮地耕耘，出版了上百部作品，在大陸擁有上億的讀者。若不是因婚變在台灣文壇的聲譽瞬間跌落谷底，怎會轉往神州去拓展他的文學天地？在經濟迅速崛起、人心迷亂空寂的時代，他那洋溢著佛理禪機的雋逸散文，適時提供了大陸讀者清涼的心靈慰藉。

　　出生於高雄鄉下，從小，他就展露了不同於其他小孩的心性，常使他父母困惑，為何他可以數小時癡坐花旁，就為了要等花開？因為偶然在一座寺廟的角落看到不少蒙塵而無人問津的善書，於是發願要將「離苦得樂」的佛學哲理透過散文，傳播給廣大的社會群眾。他可以說成功了！一部又一部的清涼菩提作品接續不斷地出版，讀者群的共鳴也愈湧愈盛，各種文學獎項由他囊括，在台灣文壇的地位不斷竄升。而他最大的「錯誤」是文意的清淨解脫使讀者群誤將他塑成完美的心靈導師。1996年的驟然婚變，自然會讓盲目崇拜的讀者群錯愕驚憤，誠然是「爬得高，跌得重」啊！其實不管他多麼想超脫，畢竟仍是一有情眾生。他並未出家，不須守比丘戒，他的婚變，難道「不可以」嗎？都因讀者群的「愛之深，責之切」啊！若是一場婚變，可以使作家如此萬劫不復，那麼當初才子徐志摩的棄妻再娶，難道我們就抹煞了

他諸多動人的詩篇？學者梁實秋的喪偶再婚，我們就不能再讀《雅舍小品》？

其實，他真正對不起的是他曾深愛過的前妻，他沒有對不起讀者，因為他那純良依舊、細膩感人的文筆沒變。若因此而說他是「偽君子」，心口不一，難道他數十年來都以清淨的文風遮掩奢欲的內心？對慣於「以文抒懷」的作家來說，這份「偽裝功夫」還真不容易呢！總之，他欠讀者一個交代，讀者欠他一個公平。他的一位多年好友曾勸他為自己辯白，但他不要，寧可沉默，就為了怕會傷到前妻。依然是他的柔軟心，眾讀者所熟悉的，林清玄的柔軟心。

家中書架上，有近20本他的書。逢他辭世，難免百感交集。想到社會大眾與其用儒家的框框來痛責他、排斥他，何不以佛家的圓融來包容他、諒解他？畢竟，在這塵世，又有誰真正完美？

床邊是一本他婚變後的作品《為君葉葉起清風》，篇篇依舊是他的柔情充滿。想那無數讓他流連過的山林花草，此時也會為他葉葉起清風吧？

2019/1/27

漫談蔣勳

　　一對往外推開的窗，窗外綠草如茵，密密低垂著串串開滿了粉紅小花的花樹，有些已長出了小紅果果，飄揚在綠草上。窗台上是一本翻開的書，窗台和書頁上零落地歇著片片粉紅花瓣……這是台灣藝文界一位有名但清新的人物蔣勳的畫作。

　　提到蔣勳，喜愛藝文者沒有不知道他。多少YouTubes有多少節目主持人對他做過無數專訪，談古典文學——從《詩經》到唐詩宋詞，到《紅樓夢》，談中外藝術史，談美學，談書法，談人生，談旅行，談《金剛經》……不管是哪種主題，他都能從容不迫、悠遊自在地娓娓道來，散發給聽眾的是現今社會難能可貴的一份閒適溫馨，這就是蔣勳。

　　最近收到友人寄來個email，標題是「蔣勳：不是所有的人都能看到這個世界的美」。除了他那舒閒道來的雋逸散文，還穿綴了七幅令人喜愛的清麗畫作。通常每位藝術家各有其獨特的畫風，很難說誰比較好。但蔣勳畫作中特有的細膩淡雅和拙樸，不是和他有一般心境的人是難以模仿的。他畫中的綠樹、茅屋、竹籬、遠山、汪洋、穿棉袍手握蒲扇的儒者，倨在木條陽台牆邊對遠方山水的瞭望、牆邊綠叢中爛開的小紫花、擺在露天陽台的簡雅几凳、几上的扇和書、形形色色生機蓬勃的小盆栽、農人在金

黃稻田中的歡欣收割……都透露出他對生活美學的追求，對投入大自然的渴望。他的畫中無有功名利祿，而是一股鮮潔之氣迎面襲來……

　　何其有幸，在現今這忙碌而快速變動的社會中，能有蔣勳當我們的悠閒伴侶。透過文學藝術活出喜悅優雅，是多美的事！

2017/5/16

禪意人生

　　上週六，6月28日，是一位家教學生的生日。他相當勤奮好學，我也相當欣喜地為他準備了一張祝福的生日卡。隔數天，忽接某位老師的伊媚兒，校內一位熱誠奉獻的家長，其正當盛年的夫婿，突於6月28日倒地不起，驟然撒手西去，連「再見」都來不及說……如此突兀的永別，怎不使未曾預料的夫人哀痛欲絕？留下優秀的二子都正在求學……

　　同一個日子，有生之喜，有死之悲，如此貼近，教我心湖澎湃，陷入深思。這塵世的每一天啊！不知有多少生生死死在浮沉？像泡沫，不斷地冒出，再不斷地破滅。無數的來來去去，無數的生生滅滅，只有佛眼吧？能將這些快速的「生生滅滅」看成「不生不滅」而坦然自在。人生原註定是淚的舞台？有生就有死，有去也有來。生是偶然，死乃必然，但要將這生死大關坦然看開，卻多麼地艱難。最難割捨的莫過於看不見、摸不著的「情」了。「問世間情為何物？直叫人生死相許……」情可怡人、感人，亦可纏人。芸芸眾生，少有不歷經情纏之苦、死別之哀的。縱淚水潰堤成河，也喚不回已「走」之人，這份哀痛，是人人遲早都得面對的一大苦關。要如何不歷經崩潰、創痛、哀戚等過程而淡定過關呢？這是學佛者平時修行中的一門大功課。人

生原如戲，花開花落，春去秋來，理它萬般變化，覺悟者只在心中，常存一份怡然。

　　謹以此文，期望虔信天主的Linda在宗教的聖愛中，順度難關。世界還是美麗的！我們中文老師以最誠摯的關懷為妳和兒子們祈禱。

2014/7/5寫於參加天主堂追思彌撒後

秋涼晨步

中秋節已皎然蒞臨，又瞬逝如煙。節氣不停地變遷，都要接近秋分了。今晨，如常來到高林掩映的綠柳巷中彳亍漫行，沉浸於大自然的鮮涼山氣中……

遙望遠處林梢，煙嵐氤氳，已射出數道晨曦，不禁回想過去在王楓教授家，曾看他老人家如何教二女兒嘉麗「畫」陽光。他哪是畫呢？他是用橡皮「擦」出來的，倒真是唯妙唯肖。

續前行，在春夏之交曾馱滿碩大白芍藥的小樹叢，其葉兒在秋涼中已開始枯黃。再過去，春天裡常開滿紫杜鵑的兩團樹叢已回復沉靜的綠，正在醞釀著明春的嫣麗風采？

接著是一家新整建出的兩層樓洋屋，其前院露濕的草坪上，疏疏落落地冒出不少頂著尖圓菇帽的小洋菇，好纖細可愛啊！聯想到文友久彌的一首〈蕈〉：

剛冒出土
就頂著個憨憨的小斗笠
說我家世代都是務農的

呵！這群小東西看起來不就像一個個小農夫嗎？給他靈感的

莫非就是這種小白菇？

接著是那家常讓外子讚不絕口的古磚屋。典雅外觀的平房，訴說著曾為貴族的滄桑。其前院階石邊亭立著一柱玻璃燈，黃昏時亮出幽綠的光，外子賞屋，我賞燈。曾幾何時，在我某次夜步中，發現這玻璃燈已換成暈黃。

再過去某家的信箱旁，常有一大簇夏日裡盛開出的粉紅薔薇，像是一群婚禮中的清純少女，滿溢青春。都秋涼了，她們的婚宴還不歇……

上天是公平的，眾草萬物各有其性，各有其時，上天讓她們輪流出鋒頭。人世間不也如是？

2014/9/17

童詩的啟示

　　在中文學校教書，除了課文外，我喜歡補充些成語，提升學生的中文程度；另外再尋些詩來，美化他們的學習。在他們可以接受唐詩前，我用了不少小孩兒寫的童詩來啟迪。記得多年前曾在某中文教師研習會上，得到不少精彩的童詩，大部分登上了我的教材。其中有一首〈全世界都在對我微微笑〉，至今難忘——

今天
　　　　我偷偷做了一件事
於是
　　　　全世界突然對我微笑起來
花兒對我擠眼
小鳥在枝頭吱喳叫
小草們柔腰齊聲問我好
而我
　　　　不過暗暗下了決心
　　　　從今要做個好孩子
就這樣　突然間
　　　　全世界都在對我微微笑

　　沒錯！「心念」是我們內心世界和外在世界的總開關。在坎坷多變的人生旅途中，昂揚喜悅的心態恆如心中的太陽，照耀著我們奮勇前進！

2017/11/29

華鄰

　　華人在美國，除非住在紐約或加州，要有個華人鄰居大概機會不多。我有幸先後在邁阿密和亞特蘭大，都有緣與華人為鄰。

　　記得在邁阿密住進古巴人較少的城西Kendall區時，居然左鄰隔著兩家洋人，再過去就是一戶華人，他們姓黃，也來自台灣。黃太太的先父曾是顯赫的國大代表，她媽媽偶爾也過來同住。他們有個菜園子，我們也有個菜園子，我們兩家常互送成果。黃先生為人謙和，又熱誠助人。當此地華人在UM（邁阿密大學）籌組中文學校時，黃先生毅然承擔教務主任，我也加入任教。到了周六，我們兩家攜兒帶女的，常同車去效力。黃先生是工程師，自己做出了一艘船，常「泊」在自家的陽台間，使愛寬亮整潔的黃太太埋怨不已。有回他興起，想帶著他的作品下水遊湖（此區家家後院有湖），還邀約我們全家也一道遊去，他夫人潑他冷水：「記得讓人家穿救生衣唷！」我們都笑了。至今還記得我們家湖畔那顆搖曳生姿的芭蕉，就是當年黃先生送來，並荷鋤替我們親自下種的呢！

　　離開邁城十多年後，有個機緣隨外子的公司去遊Bahama。遊畢在邁阿密上岸時，外子提議去逛逛我們過去的住宅區，順便瞧瞧舊鄰居，也探看黃家去。當我們近鄉情怯地來到黃家門外時，

因未事先通知，黃太太一開門，真是嚇得驚喜不置……

　　且說來到亞城，沒料到依然能有華人為鄰，還不只一家，前後左右不遠處，有汪教授家、翁教授家和徐教授家。因此地後院陽光不足，我們已不種菜了，倒是徐教授他們會三不五時地送來冬瓜、瓠瓜等寶貝成品，聯絡情誼。翁教授溫文爾雅，夫人美麗婉約，我們常同車去參加中國城的活動。時光荏苒，他們一家家先後搬到外地養老去了。沒沉寂太久，數年前有回在漫步時，突見一家像是剛來的年輕華人，帶著一子一女在散步，又聽得那四、五歲的小男孩說得一口好溜的國語，於是我主動上前和他們寒暄。原來他們來自浙江，也住在我們家門前這條綠溪徑上。之後，例行散步時，我們常會相遇。從他們家門口經過時，他們也熱絡地向我打招呼。他們好會種花，信箱附近常綴得花團錦簇：春天水仙、夏天玫瑰、秋天黃菊……隱約可瞧到後院，依稀有個大菜園，可望到個絲瓜棚，華人的氣息又來了。有一陣子，我看到他們家多了一對老人，顯然是從浙江老家千里迢迢來此團聚。老人家有菜園子消遣，應該頗不寂寞。大概半年後，這家先生說他父母親還是不習慣這裡沉悶的家居生活，回大陸老家去了。

　　今年春天，發現他們家過去的水仙已換成一片朱紅的鬱金香，杯杯滿盛春意，迎風招展，很是亮眼。前幾天，悵見這些春花已黯然凋萎。正嗟嘆時，抬眼不遠處，赫然驚見他們的前院草坪上新立了一塊牌子：For Sale（吉屋出售）。甚麼！他們要走了？？想到花開花落，原是無常，人事不也如此？

2017/4/14

薑情

　　薑，這華人烹調中常用的配料，在我嫁入王家後，才驚見它竟被奉為至寶，不只用來陪襯添味，而是可以放入口中咀嚼，暢享其辛辣呢！

　　猶記得婆婆最愛吃薑，她可以一口氣吃上一大把薑絲。她老人家常說：「鹽是海味，薑就是山珍；尤其在冬天，可用來驅寒，還是治感冒的聖藥呢！」有其母必有其子，家中老爺也愛薑，有一陣子，餐餐都得有一小盤日式調味薑陪伴佐味，像是湖南人之吃辣椒吧？倒是我娘家，因媽媽口味清淡，薑只用來純調味，薑片炸香後，就和主菜分開，我們不吃的。大弟尤其怕薑，任何湯菜，沾了薑味，他就無法承受。且說我來到夫家後，耳濡目染，入境隨俗，也漸學著對薑親近，漸能稍嚐它的辛味。其實娘家媽媽也知道它的好，數次給我坐月子時，都是大把的薑酒，滋補虛寒啊！她在全盤茹素後，遠離蔥蒜，薑遂成了挺重要的調味料，雖然她不直接吃它。

　　前天，在亞城瑞雪紛飛中，帶女兒來到東北區一家日本餐館，要與鋼琴老師相會，慶祝新年，也慶祝我的生辰。姚老師和我都點了海鮮烏冬麵，嘉麗倒點了一大盤酪梨鰻魚壽司，節儉的她吃得不多，大部分要包回家慢慢享用。我見她盤子空了，只剩

一團綠色芥末和一撮黃色的嫩薑片。芥末倒罷了，我們都不吃，倒是那薑，棄之可惜，我忍不住說：「Julie，薑也包回去吧！你不吃，我吃！」

　　當晚的晚餐，就因多了那撮薑，帶來全身一陣暖流。正值窗外飄雪，額外感到，冬天真美！

2016/2/11

覓援

　　換燈泡，原是舉手之勞，卻因太高，我用梯子也夠不著。這車庫的燈一旦暗了，真讓人心焦。且出外瞧瞧，看看附近有無高大的老美，能過來施施援手？

　　鼓起過去在邁阿密多年間培養出的勇氣，一番出外尋覓。這靜寂的社區，鄰居大都或上班，或隱在家中，看不到半個幹練鄰居出來走動。正巧前院邊的綠溪徑上迎面來了一對正在散步的老美，兩人都相當高大。也顧不得認不認識，即刻上前搭訕。替代吃驚，他們倒滿臉和善，表示「小事一樁」。

　　於是將他們引入後院，來到車庫，又提供個小梯。男的義不容辭，即刻登上。我已取來了新燈泡遞上去。忘了他可能也有些年紀，也因地點太高，不好掌控吧？他還相當費了一番功夫，好不容易才將新燈泡順暢旋上，使車庫重現光明！

　　是啊！遠親不如近鄰，此等小事如何折騰長工David一趟開車過來呢？往往我這小女子一時不能解決的，社區就是我求援的對象。難忘昨天，正是大女兒貞妮忙著收鞋子、理行李，準備出發去機場的時候。我進門對她報佳音：「車庫的燈解決了！」又提起多年前曾在洗衣機中驚見一尾小蛇，還去央求鄰居男孩過來抓蛇。妮笑了：「媽，我記得！」

2019/1/8

親歡

　　早晨，從一個溫馨的夢中醒來。夢中有媽媽、大哥、大嫂、小弟、兒子、姪女等等親人，在一荒野的路徑中，我們迆邐前進著相互談笑……細節已飄忽煙散，然那股溫暖還在心中。

　　其實人心最大的歡欣慰藉莫過於和親人在一起，可惜現代人的生活型態往往各奔東西，難能相見。今天大多數人表面上應該非常滿足，物質方面無有欠缺，應有盡有，科技又帶來種種方便，甚至若有閒暇，要和遠地的親友在電腦或手機螢幕上「面對面」都行，但仍不能取代真正的相處，總是有說不出的「隔」。所以為何每逢年節假日，多少遊子蜂擁著擠機場、擠車站，無論如何疲累衝刺，都熱切地要回鄉一趟，與親人過節敘歡，抒抒久困心中的孤悶啊！

　　遙想不太久遠的年代，大部分華人生活在族人聚居的農村中，可能四代、甚或五代同堂。女子持家，男子的工作就是自家附近的田園。一般人若非做官，誰也不用為工作遠離。日日家族親人一起共餐，一起尊老顧幼，一起庭院穿梭，來來往往，互動頻頻。無有科技產品供差使，人人手頭上雜事多多，可忙得緊，哪有抑鬱孤寂時候？《紅樓夢》可說是一部發揚光大的舊社會家族熱鬧戲，與今日人人各自為政，人人身陷科技產品中難以自拔

的現代生活，真是不可同日而語。就人心的幸福感來說，是否過去是落伍的，而今日是進步的？

　　曾收看過個YouTube，提台北一位麥當勞的主管，如何真心關愛員工，在母親節那天，悄悄派人下鄉，真個分頭請來了店中五、六位員工的媽媽。當這些媽媽們風塵僕僕地來到其寶貝子女的工作場所時，霎時驚呆了現場的員工們，他們紛紛熱淚盈眶地上前與久別的母親相擁歡泣。一時場面之感人，令人澎湃眼濕。都市工作的壓力、久窒心中的懷鄉，都在此暢瀉奔流……

　　當科技進步到幾乎連天上的星星也可摘下來時，我們人類內心深處最渴求的親情，卻不是科技所能給予的。

　　最近家中二女兒嘉麗開始雀躍著，因她姊姊貞妮下個月就要從法國回來了。她們雖從小最愛互相鬥嘴爭執，在哭哭鬧鬧中長大，畢竟是親情吧？她還是期盼著。

2017/4/20

詩禮

　　兒子出生在北方大雪紛飛的隆冬，是個冬天的孩子。從小不怕冷，長大後，喜歡天涯海角，四處闖蕩。雖說目前通訊發達，他因忙於工作，加上各處參加長跑，除了進出臉書，不大理會電郵──這條我常耕耘的通訊線。於是逢年過節，我會興起，給他寄張卡片，捎去點家的溫暖。

　　自從他上了大學直到目前就業，再沒回來享受過感恩節。進入11月，我會給他寄去秋景繽紛的感恩卡。他是忙碌的記者，往往耶誕節當天也上班，但會設法在新年前回來一趟。和他妹妹們一樣，除了收到我的耶誕禮物，還會收到一張寫有勉勵話語的耶誕卡。

　　他生於元月底，這冬天的生日往往很挨近農曆年。年年給他寄去生日卡時，會再加個春節紅包。今年冬天亞城奇寒，未曾特別外出購卡。忽然想起年底去佛州度假前，與小女兒艾梅同逛亞城商業區的Ponce City Market時，曾踱進一家別緻繽紛的書店（真難得，目前這網路時代，還能有幾家書店殘存？），逮到一盒好精緻的詩卡，每張上面是美國19世紀名女詩人Emily Dickinson的詩句。於是一番搜讀，挑上了一張印著：We turn not older with years but newer every day（我們不是逐年變老，而是日新又新）！

這就是生日卡啊！再妥當不過了！

　　在這清雅苔綠襯白字的詩卡內，我再夾份金燦的紅包，欣然封上。窗外早暮的黃昏，又落寒雨了。

2018/1/22

談《赤桑鎮》

　　昨天下午，熱淚盈眶地賞完一齣京劇《赤桑鎮》。這是包公與老旦的對手戲，情節動人。

　　每次看包公戲，包大人一出場，總是威風凜凜，勾得黑白分明的大黑臉，威武的大官袍，昂首闊步，聲如洪鐘，從沒見過這坐鎮大宋開封府、榮任龍圖閣大學士的包青天，居然在《赤桑鎮》中如此低聲下氣地對女士俯首致歉，又悽惻委婉地道出「為公棄私」的無奈。縱然過去的華人傳統是男尊女卑，然長幼輩分還在其上，此女士乃包大人的親嫂吳氏。

　　按戲詞，包拯自幼受棄於父母（正史未記載），由這位兄嫂親手扶養成人，怎不親啊！他力學有成，京試高中，得居高位，怎會不反思嫂恩呢？問題就出在吳氏的獨子包勉身上，他長大為官，初任蕭縣縣令時，竟然貪贓枉法害黎民，遇到包青天「公事公辦，嚴不徇私」的凌厲作風，就栽了跟斗，在長亭被銅鍘斬決了。信息帶到合肥家鄉，吳氏渾身顫抖，悲痛萬分，幾乎崩潰。驟失孤子，心如刀割，往後何靠？她由悲痛轉悲憤，憤慨得要隨包拯的侍從王朝前赴赤桑鎮與包大人理論。

　　包拯惶恐地出迎，在嫂子的滿腔怒火中，謙懷坦誠地表白自己為何無法「從輕發落」。他唱道：

「自幼兒，蒙嫂娘，訓教撫養；金石言，永不忘，銘記心旁。前輩的忠良臣，人人敬仰，哪有個徇私情，賣法貪贓？到如今，我坐開封，國法執掌；殺贓官，除惡霸，伸雪冤枉；未正人，先正己，人己一樣；責己寬，責人嚴，怎算得國家棟梁？小包勉，犯王法，豈能輕放？弟若徇私，上欺君，下壓民，敗壞紀綱，我難對嫂娘……」

　　他公私分明的一席話，醒悟了被喪子之痛沖昏了頭的吳氏。雖感佩包龍圖的鐵面無私，但她對「無後」仍覺淒傷，使包拯不禁動情地表示，他將承擔今後對她的孝養，他唱道：「勸嫂娘，休流淚，你免悲傷，養老送終弟承擔；百年之後，弟就是那戴孝的兒郎……」裊繞交織出互諒互敬的動人結局。

　　華人都有濃烈的親族觀念，但它一旦超出了律法的約束，包庇苟且、營私舞弊就來了。《赤桑鎮》中的包拯，無疑樹立了一個極感人的榜樣！

2015/6/14

讀劉墉的〈畫芙蓉〉

　　最近驚喜地收到「北美華文作協」醞釀三年的會員作品文集《書寫@千山外》。內容有小說，有散文。除了26篇來自北美各分會外，另有精彩的24篇為旅居北美各地的文壇健將，包括夏志清、黎錦揚、嚴歌苓、趙淑俠、於梨華、張錯、白先勇、喻麗清、簡宛、李黎、劉墉、哈金等等名家的名文，大力幫襯著，以壯聲勢。當初徵稿時，我們「喬州分會」也積極配合，經北美總會的嚴密審核篩選後，我們的楊慰親、鍾怡都上選了，我的小文〈秋桂飄香〉也僥倖忝列，故有贈書。

　　且說數日前很過癮地看完於梨華的一篇小說後，昨晚改讀散文，瞥到劉墉的一篇〈畫芙蓉〉。乍看文題，心想，怎不直說「畫荷花」呢？卻原來他的芙蓉指的是幹高4、5尺的落葉灌木、掌狀葉、開紅白黃各色大花的「木芙蓉」，而荷花一般稱「水芙蓉」。搞懂後，才細讀起來。

　　文人癡花，他可以為了賞芙蓉、畫芙蓉，專程前往記憶中的台北師專，即今天的國立台北教育大學，卻忘了多變的台北，可以如此滄海桑田。以前校門左轉那整排的芙蓉，竟然芳蹤杳然，只餘空曠的草坪……嗒然若失中，又從記憶裡搜尋，想起在母校師大第一棟紅樓「課外指導組」的窗外，見過一株瘦瘦高高的芙

蓉，於是驅車前往。可惜一抵達，豈止花不見了，連校門口的孔
子像、噴泉和七里香樹籬全沒了。他依然不死心，想到曾在民生
東路一個天主堂外，見過幾株芙蓉。於是再趕過去，教堂還在，
芙蓉也在，只是由一整排變成一小棵，沒半個花苞，教他如何寫
生呢？在這芙蓉應該開花的農曆九月天啊！好，路邊沒有，花市
總有吧？次日，他來到建國花市。一攤攤問去，每人都搖頭，除
了朱槿，只看到一株矮矮小小像芙蓉掌狀葉的花，原來是野生的
單瓣芙蓉。於是他真的失望了，除了失望，還有傷心和不解。為
何在他的童年記憶裡，處處可見的芙蓉，一下子消失了？是她的
莖太弱，葉片太大，不禁風雨？抑或每朵花只能開一天，太不
耐，而不被喜愛？但她是「拒霜花」啊！在秋天百花凋零時，她
卻能高掛枝頭而綻放，不像菊花只能盤據地面。歷代多少畫家，
如唐伯虎、張大千、黃君璧等都有芙蓉畫傳世。四川成都更因滿
城芙蓉花而有「蓉城」的美名。為何在台北，竟如此難覓呢？

　　萬沒料到，隔一星期，他去民生社區理髮，出來時，突然眼
前一亮。在社區公園的邊上，閃出一抹熟悉的顏色，那不正是眾
裡尋她千百度的芙蓉嗎？於是他興沖沖地取出寫生冊，喜孜孜地
趨前描畫起來。

　　那芙蓉是種在花盆裡的，花盆又放在花壇的水泥牆邊，
高上加高，使他不得不仰著頭畫。風不斷吹，寬大的葉片在風
中不斷地搖擺翻轉。為抓住變幻莫測的景象，他不斷地仰頭低
頭，不覺有點暈，畫著畫著，竟覺好像回到了童年。於是他
想起小時候家院中的一棵芙蓉，記得她在秋天開花時，如何轉

換顏色。早晨是白中帶黃，到下午逐漸染紅，黃昏時，粉紅已轉為深紅。接著層層飽滿的大花就逐漸關閉蜷縮，好像睡著了……他曾在紐約與大都會博物館作了一年的論戰，就為了洋人對一張國畫芙蓉標示為牡丹。也難怪洋人弄錯，在美國的諸多植物園中，何嘗見過芙蓉？

　　接著他提到花壇外緊鄰著街道，有小學生成群嬉鬧地跑過，有年輕媽媽推著娃娃車走過，有中年婦人邊走邊說八卦……他背後是涼亭，外面爬滿了藤蘿，亭裡有幾組石桌椅，兩個老人在聊天……突來嘶嘶水聲，一條水柱從花壇一頭往他那邊移動。噴水的是位5、60歲的男士，說那裡的花樹都由他照顧，他是義工，就住對面。讀到這裡，我不禁在心中失笑了，原來劉墉遊到「我的」地盤來了。他描述的不就是富錦街口的新中公園嗎？那是我年年回台的遨遊之地啊！只要一閉眼，裡面的格局就歷歷如繪。沒錯，此公園的花壇是在高出地面的水泥牆邊；沒錯，是有爬滿藤蘿的涼亭，亭內是有幾組石桌椅。這些布局可能別的公園也可看到，但他提到那個噴水的義工，就不是每座公園都有這位貴人吧？媽媽曾對我提過，這位就住對面的貴人是家大公司的老闆，數十年來，天天傾全力在照顧這園中的一草一木。我多次從水泥牆下走過，差點被他的水柱噴濕了。他告訴劉墉有里民新捐幾十盆名貴品種的茶花，指定由他照顧呢！我每次回台入園，不就看到擺滿花壇四周的數十盆茶樹嗎？黃昏，劉墉收起畫具後，注意到斜對面有個長廊，廊裡有一排老人坐著輪椅，旁邊一群外傭，正用她們自己的語言高低交談著……那不就是過去我媽媽和印傭

阿妮經常流連之地嗎？又提兒童遊樂場上孩子們的尖叫追逐，孕婦緩緩走過⋯⋯沒錯，入口左側，是有個兒童遊樂場，歷史可悠久呢！大弟的兩個子女在此度過阿嬤陪伴的童年時光。

今秋回台，可要去尋覓，讓劉墉著迷的那棵芙蓉，到底匿在何處？

2016/3/6

追思

　　難得在「亞城園地」上讀到台東詩人林明理一篇思父的感人散文〈糖蛋的祕密〉，心有戚戚焉。再過兩天，就是華人普渡亡靈的中元節了，雖說在洋邦，它的意義已遁隱，但提到農曆七月，就會聯想起先父的生辰——七月十七。上個月，忽然想到父親生於民國七年（1918），那麼他今年的生日不就是「百歲冥誕」嗎？於是伊媚兒給散在四方的兄弟們，請他們在8月27日那天也給先父送去祝福。

　　父親出身清寒，七歲喪母，度過極為艱困的童年。在艱困中，好學不倦，勤奮上進。雖常出入金瓜石礦坑中丈量工作，始終秉有儒雅氣質。他的礦坑筆記以端挺的漢字記錄得詳盡歷歷，有繪圖，有說明，還有許多我看不懂的數學公式。這是媽媽晚年在我回台時分給我保留的先父遺物——飽經滄桑的封面上，有著先父一絲不苟的筆跡：礦場保安人員訓練班（民國41年5月19日）。泛黃的扉頁上，在與內容不相干的空白處，有用鉛筆描出毛筆形象的八大字：學如不及，猶恐失之。是啊！父親在工作受訓時，心中還匿著恆不懈怠的好學啊！

　　雖說父親成長於日據時代，受的是日本教育，但他的言行卻沒有半點「和風」。我不甚清楚日據時有多少台民私下仍學著漢

文，我遇過少數長輩除了日文，還能漢學滿腹，也不知父親是怎
麼學的？大多數是日語流暢，「改朝換代」後再努力添補中文，
點滴跟進。光復後，父親的心早已「光復」，除了在電話上應對
他的好友，從沒聽過他在家中說日語，他像是原就漢化了的。每
晚的嗜好就是提筆揮毫，練習楷篆隸各體，餘暇就是品茶、下
棋，楚河漢界，研究棋譜……我像透了父親的愛安靜、愛寫字。
而我的小女兒也是，只是她寫出的是無比端整的英文字。

　　父親離開我們五十多年了，但他的精神從沒遠離消失，恆在
我們身上，一代又一代……

2018/8/22

逢舊

　　夏日炎炎，正在廚房煮麵，忽來門鈴聲。關了爐火，趕去開門。

　　以為是郵差或是甚麼兜售員，不想迎面卻是位清秀修長的洋妞，亮著一對活潑大眼向我探詢：「我小時候在這屋子裡長大，特地路過，很想看看它現在的模樣，不知是否方便讓我進去瞧瞧？」我一時愣住，怎會有這種奇遇呢？

　　我們都搬來快30年了，不敢置信地問：「妳是──Schwartz先生夫人的女兒？」她很快點點頭：「妳還記得我父母親啊！」當初搬入前，只和前任屋主夫婦打交道，倒未見過他們的子女。歡迎她進來前，先指著前院的紅茶樹告知：「那棵是妳媽媽特別關照我要好好照顧的，說是當年你們送她的母親節禮物呢！看！長多大了？」她雀躍地趕過去用手機拍照，還對著附近那棵高大的木蘭說：「我小時候，最喜歡爬這棵樹了。」

　　她尊重華人規矩，入門後脫了涼鞋，來到鋪有厚地毯的客廳。她邊興奮地四下張望，邊聽我說：「瞧這窗簾和地毯，可都還是你們原來的。妳媽說這些質料好，我們捨不得換。」來到餐廳，她高興地看到原有的藍底橘花壁布仍在，我說：「我們只添了水晶燈，妳媽媽取走了原來的。」再進到隔壁的書房，「啊！

這以前是我爸爸的辦公室呢！」從廚房、起居室直繞到也鋪著厚地毯的「樓中樓」小階梯，她忍不住說：「我小時候常在這裡爬上爬下的。」我笑了：「我們剛搬來時，小女兒才一歲多，也喜歡在這兒爬上爬下的。」

　　來到樓上，她先往左邊的藍室去探望，看到窗簾與壁布仍是藍底舞著紅草莓和綠葉子，額外欣喜：「這就是我的房間呢！」隔壁的橘室也如昔，牆上只添了小女兒的畫和手工藝品。再過去目前二女兒的房間，她說是他們過去的客房。在走道上與臥室相對的另一邊，半高地嵌入一間密室，可儲藏不少東西，她笑著對我說：「以前常和弟妹們在此躲貓貓玩遊戲。」我笑回道：「我的三個女娃兒也喜歡躲在這裡玩她們的。」

　　瀏覽了主臥房，再帶她遊到地下層。就這麼聽她一室室地驚嘆，又隨她一室室地拍照，去重拾成長的痕跡，重溫童年的往事。她提到以前常走路到石南湖小學，我忍不住接腔：「是啊，我的三個女兒都從那裡畢業的。」又問她：「你們搬家時，妳在讀湖邊高中嗎？」「不，我已上大學了。」我還來不及去思考她目前的年齡，她已提議到前院木蘭樹下跟我合影，還感謝我能慷慨地成全她的心願，讓她進去重溫舊夢。難得遇上念舊的洋人，這位挺會保養的浪漫猶太女子Wendi Goldberg。

2018/7/19

那段教文言文的日子

　　前幾年，有個機緣，在家裡教一對靈慧的華裔姊妹中文。因她們留學過台灣，中文程度遠比此地的華裔學生強，教起來不再是逆水行舟，而是舒心暢意了。

　　除開廣採現代作家的好文章外，還嘗試著灌輸他們不少古典詩、成語和七八篇文言文。文言文比較難，就放慢速度，一段段地來，甚或一字字地教。務必深究其意，深悟入心，讓她們領略文言之美，文意之妙。同時要求她們一字字地抄寫出來（我自己先寫了範頁），進一步去感受中華書法之美（這點，年輕人比較不耐煩吧？不像我的範頁那般一筆一劃，暢享著書寫之樂），再通篇背誦出，才算澈底學到了一篇文言文。她們從蘇軾的〈記承天寺夜遊〉到彭端叔的〈為學一首示子姪〉，期間還研賞過沈復的〈閒情記趣〉、周敦頤的〈愛蓮說〉、陶潛的〈桃花源記〉、李慈銘的〈越縵堂日記〉、范仲淹的〈岳陽樓記〉、劉復（即劉半農）用文言文譯出德國人的文章〈流星〉等，可謂篇篇精美，她們應受益匪淺，多少嚐到了中文的美妙；而我自己則藉機重溫中學時代的讀書之樂，也是其樂無窮。

　　可能國內外有不少現實者會懷疑學文言文的必要，它又非現今的通行口語，學它何用？且不提中文，就拿英文來說，今天有

誰去講拉丁語？但拉丁文是英文的總根基，美國的高中生最好修學，就無往不利，它還是學醫者的必修呢！且説我們文言之美，不只在浮面的文字，而是它流自古人喜愛自然、高雅曠達的內心，所謂「好鳥枝頭亦朋友，落花水面皆文章」。讀文言，不僅學其用字技巧，美的是進入古人的心境，在這人人來去匆匆的繁忙時代，誠為雅適的紓解。猶記得前年夏天教到〈越縵堂日記〉時，當天早晨還特地外出漫步去紫薇樹下，揀拾紛落一地的紫薇花絮，放滿一水晶盤。上課教到「芭蕉展葉，綠滿窗戶；紫薇久花，離離散紅」時，就是美的印證啊！

　　一晃，又到了紫薇開始甦醒綻艷的六月，不禁牽出這段難忘的教學往事……

2015/5/30

鄉心

　　這是個人類空前頻繁流動的時代，不只地上車網密集交織，就是空中飛航班機的來去穿梭，也是難以數計。美國原就是移民大國，尤其在大都市中，多少人來自四面八方，為了求學，為了工作或其他，不得不隨遇而安，兢兢業業地生存著。但要把「異鄉」安穩地住成「故鄉」，對於有戀鄉情結者，還是萬千難呵！

　　今早和女兒一道去附近的美國超市採買，這是每周三的「例行公事」，因總有幾項東西在農夫市場中沒有。每次進去，總會碰到一些熟面孔的工作人員。今天遇到的收銀員是那位常見的年輕印度女子。她一貫地包著她的頭巾，看到我和嘉麗，熱絡地來一聲華語：「你好！」我也笑著回應她。

　　她熟練地掃描食品後，向嘉麗探詢：

　　「這是你媽媽嗎？」嘉麗說是，我在旁補充：

　　「女兒和我一起住，所以我們都一道來。」她欽羨地說：

　　「真好！能和媽媽住一起！我都十年沒見到我媽媽了。」我探問：

　　「她不住在亞城嗎？」

　　「沒有，她在印度。」

　　「噢，我倒是年年回台灣的。以前看媽媽，現在看弟弟。」

她笑著感嘆道：

「是啊，這樣多好！我太忙了，要忙著帶孩子、打工、照顧家……一直走不開呢！」我了解那份無奈：

「我現在是自由身了，從前忙家、忙小孩，也是十多年才能回去一趟。」

付了款，聽她又拋來一句華語：「再見！」我心中還怔著，異鄉人何其多啊！遠渡重洋到底幸或不幸？腦中浮出一句杜牧的〈旅情〉：匹馬好歸去，江頭橘正香。

2018/9/19

重溫《桃花江》

　　做夢沒想到，這部五十年代的電影，竟有機緣在電腦上與它重逢。

　　要回溯到小學三年級時，從九份遷居到較熱鬧的瑞芳那幾年，租屋斜對面正巧有家樂民戲院，在鎮人來往的逢甲路上，常高懸著香港影星鍾情的笑靨。那時一般平民的娛樂，幸虧有一部又一部香港來的國語電影。因地利之便，我幾乎看遍了鍾情主演的影片，包括《阿里山之鷹》、《那個不多情》、《採西瓜姑娘》、《桃花江》等等，尤以《桃花江》最令人難忘。好喜歡影片中一首又一首充滿青春氣息的歌，多年來已零落地忘了，但那開頭拉得長長的主題曲〈桃花江〉，還常迴盪在心上……

　　剛重溫這部五十多年前的黑白舊片時，真是幾分驚喜，幾分緊張，遠去的鍾情模樣，竟可細端詳；影片的情節，早已在歲月的長河中湮沒，竟可重新揀拾回味。一開場，呵！那無有科技污染的黑白舊時代回來了，那純樸無比的農村景象回來了，山坡邊男人忙著墾荒耕耘，女子溪邊洗衣裳，如是單純快樂，山野間縈繞著歌聲……漾著甜美笑靨的鍾情飾演金姑娘，一手拎著食盒，一手撫著甩來甩去的長髮辮子，靈巧穿梭歌唱於溪邊的桃花林中……在今人看來，恰似桃花源了。好年輕的陳厚啊！飾演偷戀

她的興哥。吳家驤飾演詼諧逗趣的村人小喇叭，經常打趣興哥。
羅維飾演來自香港的貴客黎明，為了採集民歌，闖入了這安寧的
農村，不期遇上因調皮，被村人暱稱野貓的金姑娘，還帶了令村
人瞠目結舌的錄聲機，讓村中擅唱的野貓姑娘，這活潑機伶的青
春佳人對著機器聲聲唱。當她聽到自己的歌聲竟能從機器中流出
時，不敢置信地睜大了一雙烏溜溜的明眸。頭髮梳得油光、一身
西服畢挺的黎明不知費了多少勁，連著數晚在她窗外數番「月下
對口」才馴了這隻撒潑野貓來唱歌。

　　在黎明告別離去後，這舊片畫面開始嘈雜不穩，也正好進行
到村人在戰火中倉皇逃難。我跳到較平穩的後段時，這從小喪母
的金姑娘已與其父在逃難中失散，自個兒從廣州收容所流離到香
港，舉目無親，按址要去找黎明，他也已遷徙。在一偶然機緣中
投靠一擦鞋童家，讓其母收為乾女兒，還女扮男裝去街頭擦鞋謀
生。某晚隨其乾媽送衣服去一家東方飯店時，不意聽到收音機傳
來她在鄉間初遇黎明時唱的〈採花歌〉，使她大為驚訝；出來時
路過一家天堂夜總會門口，又聽到歌星方菲菲在唱她的「月下對
口」。於是透過方菲菲找到了黎明，黎明欣喜得讓她在音樂會中
登台與他合唱壓軸節目「月下對口」。她的鄉下情人興哥也落難
到香港街頭賣報，在夜總會門口看到印著「金麗蓉」芳名的演唱
海報，驚得買票入內瞧個究竟。當他看到他的野貓竟從鄉下姑娘
搖身一變為晃著一對晶亮耳墜、一頭後梳烏髮罩著羽白髮飾、一
身高雅黑紗洋裝、戴黑紗長手套的窈窕淑女時，震驚得站起來。
圓滿落幕後，在後台有個動人的大團圓，算是輕鬆幽默充滿旋律

的喜劇。雖有戰亂，陰影不多（我也因雜音而正巧躲過），有幸重享這半世紀前的國片。

　　感謝友人從電郵中傳來，也感謝新科技對舊片的維護，使過去的美妙音聲笑語得以流傳。

2014/8/31

閒話木瓜

　　我喜歡水果，每週上農夫市場，常興沖沖地為了能採買各樣水果。天氣轉涼，就開始買木瓜。

　　很喜歡木瓜的軟嫩滴口。記得從前父親在世時，也喜歡木瓜，有回去屏東出差，還帶回一大箱。倒是弟弟們不大欣賞，說有「臭腳丫子味」。那是有異味的木瓜，美味的就真讓人讚不絕口。

　　以前住邁阿密那陣子，婆婆曾在後院湖邊栽了木瓜樹，數年後可以收成時，我還心中怕怕，怕有那股異味。婆婆篤定地摘下試吃，對我說：「好吃得很呢！妳來試試！」

　　有一次產後在邁阿密浸信會醫院裡，對老爺子吩咐：「給我帶木瓜來。」當我正享用一大塊木瓜時，正好醫生進來探看我的洋室友（她不要餵奶，要打退奶針），他朝我這邊一瞥，說道：「嗯，interesting fruit！」老美哪裡知道我們老中有「木瓜補奶」之說呢？他們可能一輩子都還沒嚐過這亞熱帶水果。

　　搬到亞城，來到這世界水果大總匯的農夫市場，才算大開眼界。裡面水果品種之多，大概不管你來自世界哪個角落，都可在此找到家鄉的東西，在此一解鄉愁。我看到了南洋的榴槤，看到了台灣的甘蔗。至於木瓜嗎？只要是盛產季節，就是滿滿長長的一大攤位，有時來自墨西哥，有時來自瓜地馬拉，有時來自宏都

拉斯。除了少數有異味，大部分都甜嫩可口，相當享受。聽説空腹吃木瓜還能治腸胃潰瘍呢！有位美國太太有腸胃病，在我的勸誘下，試吃木瓜，居然吃出了興趣，我偶而去她家，總拎個大木瓜，成了最受她歡迎的禮物。

　　通常木瓜買回家，總得擱放個三、五天才能熟透。最近買的這批很怪，綠綠的就是放不軟，其中有個居然不熟先爛，一窟一窟黑巴拉的很難看。女兒嘉麗説：「看來不能吃了，把它丟了吧！」又説：「媽，您浪費錢了。」我無奈地回道：「總得先切開看看再説嘛！」這一切開，呵！真讓人跌破眼鏡，這醜木瓜的內裡，居然好端端的黃澄澄，沒事啊！忍不住切下一大半試試，不錯啊！嘉麗笑了，説了一句洋諺：Don't judge a book by its cover！可不是？我愛木瓜。

2014/10/7

關愛無涯

　　一個感人的故事，常讓人低迴良久。最近佛州小弟傳來一齣包括10集的日本電視連續劇《家族的形式》，描述現代單身上班族忙著工作和獨善其身，嚴重缺乏了對長輩的愛心關懷和包容，發人省思。

　　39歲的永里大介在東京一高檔文具店當設計師，多年來很享受只照顧自己的生活，認為結婚是樁麻煩事，身邊有人就有負擔。好不容易存夠了錢能貸款買到一棟高級公寓的四樓，不料在他遷入他的夢中城堡不久，已喪偶五年又再婚的老爸，竟然帶著新夫人的初中生兒子要來共住一陣子，兼尋找遊蕩到東京的年輕妻子。大介很是不悅，卻又無可奈何，心中巴不得他們早早回鄉下去。大介讓他們睡客廳，自己躲到閣樓上自己的小天地，照常嚴格執行自己的生活方式：上班、下班、去健身房、到吧檯喝啤酒、周末騎自行車野遊、自己調理有機健康飲食……從不融入其老爸陽三和新弟弟浩太的生活作息中。浩太是個靦腆內向、缺乏父愛和正規母愛的可憐孩子，其父逃遁，其母小惠考護校受挫後，幸遇陽三的接納濟助並無比慈愛地照看浩太，這過去曾遭其母多位男友毒打的早熟孩子，但小惠依然不安於室地墮落……

　　且說陽三住進新居後，多次邀他兒子大介共餐，共享sake，

都遭到大介嚴峻回絕。陽三和浩太在客居中，受盡大介的冷嘲
熱諷和排拒，開朗的老人家倒毫不介意，逆來順受，鑑於自己
過去因專注於打魚工作而與兒子疏於溝通，望能在此彌補。
他豁達地自我開創溫馨洋溢、與眾友歡樂周旋的有味生活，
過得朝氣蓬勃。除了照顧浩太，並不時對周遭散發關愛，調弄
美食，分饗樓上的律子母女；將其女要丟棄的枯花盆景養出姹
紫嫣紅，再回贈；鼓勵大介同事江上與其同居女友舉辦婚禮，
女方雙親早亡於車禍，陽三主動要在婚禮上當其女友之父為她
送嫁；又為急於成婚的單身同事佐佐木加油，多次邀他共餐敘
聊，祝他早覓佳偶；還聯絡上小惠，勉勵她努力上進，結局是
她終於考入護校，熱淚盈眶，自此改邪歸正，入住校舍，還穿
上和服，與他行了傳統婚禮。

　　這70歲的老爸挺有意思，遷入不久，就引來了消防車，因
擅自在陽台上燻魚出煙；又用牛糞當盆景肥料，臭味四溢，驚動
鄰里；又招朋引伴在客廳大唱卡拉OK，和老友沉浸在老歌的旋
律中；曾是漁夫，又不時親自下廚料理海鮮，聚友宴客；又將
活墨魚游養在大介的澡缸中，準備做刺身；還讓甲魚在廚房地
上爬……這些不斷上演的把戲，往往惹怒大介，終於在大介的疲
於應對中，陽三同意帶浩太回燒津老家。大介的同事們獲悉後，
離情依依，都盛情地要辦個盛大歡送會，就在大介家中。熱鬧騰
騰的餐宴聚聊，使陽三倍感溫暖。散會後，客人中只餘陽三摯友
阿茂叔、小惠、浩太和律子母女。這時，陽三忍不住央求其子，
能不能讓他多待幾天？他想多看看兒子的臉。為了說服惶惑的兒

子，他不得不吐露：他已罹上肺癌末期，將不久人世……此語一出，全場震驚！都難以置信，這位歡樂蓬勃的溫馨老人，竟要永別。只有阿茂叔知情，當場證實陽三的奮鬥過程。這時，倔強的大介表面上惱恨地迸出：「開甚麼玩笑！」內心深處未嘗不是巨大的震撼！父親終有老邁告別的時候，何苦逼他至此？在日常生活中與陽三常相依伴的浩太悲戚地黯然俯首，他多捨不得這位時時照拂他的慈藹老人。陽三溫和地拍著他的背安慰道：「每個人都要走向死亡，但這並非不幸，這只是生物的自然生滅循環。看哪！那盆景裡的螞蟻，花葉上的甲蟲都會死的，它們會化作養分，讓新的再來……」「可是我會寂寞── 」陽三笑了：「我會變作風聲、雨聲，不時地陪伴你們。」他在一晴和天的午歇中，安寧地走了，激盪起多少受他關愛者的哀慟唏噓……

　　陽三，在他有限的最後時光中，多麼豁達地敞開自己，帶給周遭多少歡樂，已無限地延伸了他對世人的愛。他的離去，不是滅絕，而是昇華吧？想起最後一集大介在其父的告別式中對眾人深深鞠躬道謝，說了：「我父親是幸福的人。」一個美的完結，我舒了一口氣。來到前院，仰望松間的藍天白雲，多美的大自然！

2016/4/18

後記：此齣有笑有淚的家庭倫理劇還穿插了不少青年男女的羅曼史，包括大介和樓上的單身女子（即律子之女葉菜子），從邂逅、交談、爭執到互訴心曲，終於接納對方。多段戀情相當起伏引人，都由這位老人的愛貫穿著。

雞年閒話

　　時間真過得快！這是我來到亞城第三個雞年。記得首次是在1993年，美國郵政總局開始發行慶祝中國新年的生肖郵票。當時用了個草寫的「雞」字當圖案，結果深諳草書的高優鍔先生在其編輯的《華訊》報上發表了一篇〈錯雞郵票〉指出那雞草字的訛誤，至今印象良深。

　　到了2005年春節，那時已進入《亞特蘭大新聞》工作，許月芳社長還特地賞我一大封紅燦燦的吉利錢，其上印有一大隻昂然挺立的金雞，雞旁有一聯：**白色彩繪長春歲，金雞欣迎永樂年**，裡面是張嶄新的美元，我保存至今。在那第二度雞年，曾寫出一篇提到洋人過春節的〈喜氣洋洋〉。

　　一晃，要進入第三個雞年。正值美國剛換了一位空前與眾不同的總統，世界列強之間的關係變幻莫測，全球性的氣候異常，人類婚姻制度動搖，倫理淪喪，暴戾槍殺蔓延，舊時代的井然有序已經遠去，我那親愛的媽媽也已仙離……

　　提到雞，常會想起媽媽的故事。她成長於鄉間，和許多農家一樣，家中常養豬、養雞、養鴨的。母雞帶著小雞在院中到處漫步是常見的景象。媽媽說過，有回雞群都在戶外，忽來一隻老鷹從空而降，急得母雞喀喀地喚攏小雞們躲入牠的翅膀下。卻有一

隻躲不及，被老鷹叼走了。當晚，我媽聽到這隻傷心欲絕的母雞哀哀地嚎哭了整夜……不僅僅人類有母愛啊！

當時在鄉下，逢年過節，鄉人都得忙著殺豬宰家禽的，為供祖，為慶賀團聚。本性仁慈的媽媽，對於宰殺生禽最是痛苦無奈。因她最鍾愛這隻母雞，年年讓她倖免於難。後來牠愈趨老邁，有天媽媽對牠說：「我不傷你，你自己去成仙吧！」第二天，這隻老母雞竟真的離奇失蹤了，再也尋牠不著……

我的媽媽也於三年多前離去了，離開了這全然不同的動盪世界。但她老人家那善待萬物的慈悲，恆在我心中迴盪。

值此春節，謹祝讀者事事如意，平順康安！

2017/1/19

黯然
──懷念唐述后

　　唐姐：妳聽到我的呼喚嗎？妳怎麼不告而別呢？我們等著妳回來一起歡唱啊！去年的10月21日那天，妳總算開車找到我家來參加「清唱雅聚」。妳想錯時間，提早半小時到，帶來一大袋蘋果要送給大家，我招呼妳先在客廳裡看雜誌。怎料到那竟是最後的一次會面。十多年前，妳曾一度想遷去加州，讓我不捨地寫出一首小詩〈黯然〉；後來妳遷居未成，繼續留在亞城跟我們談文說藝，那首詩空黯然了一場。但這回呢？妳要讓我永遠黯然了。

　　我們有好濃的緣分啊！自從在1989年夏來到亞城，就經常拜讀妳在地方華報上的感性散文，那時我是妳的讀者啊！及至1996年6月妳召集亞城二十多位喜愛文藝的人士，開創了「藝文社」，我們才算正式見了面，從此年年春秋會聚，妳常是我們的中心人物。1999年8月，妳又成立了「喬州作協」。2006年12月，妳雅納了文友建言，再成立了「書香社」。去年7月底，又與數位愛樂人士共組「清唱雅聚社」。一社又一社，外加「羽毛球社」等等，妳儼然是亞城社團中的風雲人物，在文采、書香、藝海、歌聲和運動中，活躍得多采多姿。感謝妳的開創，才有我們的弘揚光大。後來妳雖淡文而重畫，然作協和書香社的聚會活動，妳還是積極參與。真佩服妳多方面的才華：師大高材生，隨

時一上台就能侃侃而談，由文再入畫，加上書法、羽球、踢躂舞、游泳等等，妳是多麼勇往直前地活得奮發盎然啊！

　　從寶島台灣到美國，多少人稱妳一聲「唐老師」，妳這老師卻永無止境地在吸收學習。我相信，妳還不準備這麼早「走」，妳可能正興致勃勃地要大展鴻圖呢！多難逆料的無常呵！奈何！奈何！而今而後，可教我們如何不想妳啊！只能忍哀面對，願妳芳靈安息。

2015/2/4

---

* 亞城藝文界健將唐迷后女士於2014年底赴中國旅遊，在廬山突因腦溢血入院急救療養。近聞狀況再發，未能脫險而不治。

齋緣

　　每個人有其不同的飲食習慣。但一般說來，主餐總少不了各種肉類，不管是主角或配角，就為了增添香腴。全盤茹素者在提倡健康飲食的今天，仍然是鳳毛麟角，在各種場合中仍然是「少數民族」。有鑑於此，我自己雖已傾向素食多年，且早已遠離肉類，但還未完全放棄海鮮，為了有點彈性空間，方便與眾友周旋，也不至於陷入「無菜可食」的窘境。海鮮味美，對我倒也可有可無，因為自己從小，就特別享受齋食。

　　好像是八、九歲開始，每逢暑假，信佛的媽媽會帶著我和兩個弟弟前往汐止的靜修院參拜、午齋又聽經……當夏蟬正熾時，我和弟弟們常穿梭在那幽雅佛舍的四合院中，正中央是佛廳，兩旁是廂房，好像還有月洞門。愛極那古色古香的舊佛院，綴著林樹森森。我們在左廂房午餐吃素齋，次次都吃得清爽歡欣，怎麼有那麼合胃口的菜餚啊！弟弟們也都有同感。每回遊了一趟，心中就盼望下次快快到來。記得吃過午齋，大家就會來到右廂房再過去的一間大廳，聆聞法師講經。我們小孩兒家怎聽得懂？常溜出去玩，溜到屋側後山一條小溪邊，沿溪有一條小石階路，我們就順著石階往上爬，直到看見山腰間的慈航紀念堂……後來在亞城有機緣讀到證嚴上人的傳記《千手佛心》，書中提到她二十多

歲時曾隻身離家，北赴汐止靜修院，住了數天想出家而未果……
正是在那我曾遊過的古雅時代啊！後來，聽媽媽說，靜修院已翻
蓋成樓房，而四合院、廂房、月洞門都已湮入歷史不見了。幸好
沒再舊地重遊，否則會多麼黯然神傷。

　　我們從瑞芳搬到台北後，媽媽開始勤於去南京西路的菩提講
堂。那時我大了，功課餘暇仍跟班去拜佛、吃午齋、兼聽經。記
得是日式榻榻米屋，一樣提供來客美味適口的素餐。我常在餐後
聽經前，瀏覽榻榻米四壁上方列掛的佛陀成道彩色圖片……後來
媽媽說，菩提講堂也「翻大樓」了，我霎時少了興致，另方面也
因功課忙，就少去了。回想過去，自己之喜愛素食，八成源自無
數次隨媽四處遊寺的因緣吧？

　　上月底，有幸受邀參與慈濟的「歲末祝福」晚會，除了領受
全場滿滿的善與美，到場的上百位賓客還能每位嘗到豐盛的素三
明治。平時天黑後不進食，當晚暢享了美味餐盒後，竟一覺酣眠
到天亮。是愛心做出的素食，使腸胃能額外舒納吧？謹以此文，
感恩慈濟！

2016/2/15

慧語心聲

　　曾在林清玄的作品中讀過一句：「佛法即活法；禪心即殘心」，說得好精妙！挺有哲理。

　　先說「佛法即活法」。記得《金剛經》中提到：「無有定法，如來可說」，世間萬事萬物，都充滿著活潑生機，由不得你刻板地下定義，貼標籤，起分別。事事物物，時時刻刻，都是變幻莫測的。今人研究學問，講究愈鑽愈精，愈分愈細，卻不知不覺間墮入了「知識障」，對於諸多事物，總覺得「應該這樣，不應該那樣」，連本該淨化人心的宗教，也被「人為地」分出諸多派系，彼此排斥攻擊⋯⋯想起先母，因舊時代重男輕女，沒能進過任何學校，沒能受過任何學識灌輸，直到婚後有了子女，才開始從佛經上學習認字。佛經是她超越一切尋常學識的最初啟迪，竟無比奇妙地引出她諸多活潑生機的智慧。往往她思考及行事的靈巧，大大越過了一般讀書人，因她無有任何學識規章的羈絆，使我深深折服，也領悟到讀書學習不但要「進得去」，更重要的是也能「跳得出」。這就是佛法，活活潑潑的佛法，無比圓融自在的佛法。每個人都有無限的可能，每件事都有無限的發展，每樣東西都有無限的功用。許多分別、執著、對立，其實是可以一笑置之的。

再談「禪心即殘心」。林清玄沒有解釋何謂「殘心」，我直接的理解是「受過傷的心」，因為幾乎沒有人能一生平順、暢達、圓滿。誰沒有跌傷過？惆悵過？挫折過？哀痛過？從種種的橫逆中，方能更為立體地去體驗人生，從而積澱出更多的人生智慧，進入了「也無風雨也無晴」的境界，也練就了「萬里無雲萬里天」的禪心。好個深沉淒美的智慧啊！

2019/4/17

金銀花的飄蹤

　　火車抵達得好晚，當郝思嘉在Jonesboro下來時，拖長的六月深藍暮色已籠罩了鄉莊，殘存的寥寥店家閃出點點暈黃燈光。主街上到處是轟炸過或焚燒過的斷井殘垣。那些千瘡百孔的屋頂和廢牆在暗黑中，沉靜地凝視著她……

　　郝思嘉在街上到處張望著尋覓忠誠的長工Will Benteen，他說好要來接她的。在她收到他的短訊「父親Gerald已過世」後，他應該知道她會儘快趕搭最早班的火車過來啊。

　　她來得如此匆促，塞入小袋中的只是睡袍和牙刷……從米德夫人處臨時借來的黑洋裝緊得她很不舒服，她的身子已到了懷孕後期……

　　「真抱歉！我來遲了，思嘉莉。」Will的聲音從她的歇腳處後響起……

　　他小心翼翼地扶她登上馬車。她注意到這輛仍是當初陪她殺出亞特蘭大戰火的那輛搖晃舊馬車……Will先是沉默不語，郝思嘉很感激（她需要休息啊！）……

　　他們離開村莊，轉入通往塔拉的紅土路。一抹淡粉紅仍徘徊在天際，羽毛似的雲朵也鑲了金黃和蒼綠。鄉村暮色的靜寂如禱詞般安寧地籠罩下來。她難以想像，自己竟遠離了這麼多時日沒

聞過鄉村鮮潔的空氣、新翻泥土的氣息、夏夜的甜蜜。這濕潮的紅土多好聞、多熟悉、多親近啊！她真想下車去捧起一大把。那交纏在綠葉中的金銀花，懸垂在路邊的紅土溝上，襲來醇濃的甜香，一如雨後，是世上最甜蜜的香水啊！

　　以上片段譯自Margaret Mitchell的名著Gone With the Wind。因正逢亞城的金銀花密密地鋪展著，香濃到不行，而聯想到這段。年復一年，哪管戰爭或和平，她們都香郁如昔。這永恆的大自然，又賜來芬香的五月天，處處蜜香的金銀花與成串盛放的紅薔薇，共同慶賀著五月裡最溫馨的節日。順祝媽媽們「母親節快樂！」

2019/5/2

庶民微語

　　數月來上新聞網，總少不了一波波美中貿易戰的消息。這位國粹主義的川普總統，到底為美國爭來了多少利益？而早已發展成龐大經濟體的中國也被逼到了容忍的底線，被迫採取對應的反制措施，使雙方關係更形緊繃。

　　一般來說，人與人之間的互動應是「己所不欲，勿施於人」，相信國與國之間亦如是。川普卻天真而蠻橫地以為，對手可以為了成全美國而犧牲自己。國際間原應禮尚往來，卻升騰得變成你爭我鬥，你死我活，不亦憾乎！

　　當世界人口膨脹，通訊發達，往來頻繁，早已交流成幾乎是「地球村」時，不以全球人類福祉為目標，卻以封建式的「一枝獨秀」要排除異己，要在邊境造萬里長城，對於早已遍佈全球的中國產品嚴加打壓，企圖使美國再度「偉大」。但偉大的領袖應是製造雙贏，而非落得兩敗俱傷。他如意算盤下的美中貿易戰，反而使美國的進口商及消費者首當其衝啊！他要是真正偉大的領袖，在這全世界人類緊密交流的新時代，應有照顧全世界的胸懷，使全世界人類同舟共濟，和平相處，才真正是使美國更偉大！

　　最近重溫《禮記》〈禮運篇〉中，孔子對「大同與小康」之語，心有戚戚焉。「大道之行也，天下為公：選賢，與能，講

信，修睦。故人不獨親其親，不獨子其子……男有分；女有歸。
貨，惡其棄於地也，不必藏於己；力，惡其不出於身也，不必為
己。是故謀閉而不興，盜竊亂賊而不作，故外戶而不閉。是謂大
同。」不亦善哉！！

2019/5/31

紅顏劫

　　今早去前院，吃驚地發現，翠葉田田的荷缸上，兩個一大一小的粉紅花苞不見了！？花梗處上方無端被誰截去了！入夏以來，這是第一波花訊，當其嫣然開放，也是路過鄰人樂見的花景啊。霎時好生心痛！！盼見荷開，是思鄉的我在異國夏日最期盼的盛事。是誰如此促狹？或是如此歧視亞裔？在美中貿易戰方興未艾之際，來傷害我家展露華韻的荷花？於是馬上將此「事件」email報告給社區長Vanni。

　　很快接到Vanni的平靜回函。他表示這個不像是人為的，卻很可能是林中的動物出來吃了去，很大的可能就是鹿。又提他們家的水仙就被吃去了不少。建議我用柵欄或鐵絲等高高圍起，也可去附近的ACE Hardware買防鹿粉，撒在附近，以免牠們再靠近……一聽說「兇手」是動物，心中的氣惱霎時消退不少。動物純為了果腹，畢竟無知，牠們不像人類那麼複雜，會歧視、會怨恨啊。

　　在這個Tree City住了近三十年，居然比起老美，對於周遭動物之出沒，如此沒經驗呢。

2019/6/5

晨聊

　　自從割草大事交給專業人員後，我不用再像過去割完草後，又花時間將邊緣修得齊整，偶爾還得拔除街石邊零落竄出的野草。現在草坪邊緣自有工人用其專業機器切得齊齊整整，我樂得輕鬆自在，就未去留意他們如何處理那些路邊野草了。直到今晨才突然發現，沿著街石邊怎麼會有一攤攤曾蔓延過的枯黃野草？馬上想到是怎麼回事了。這些工人畢竟是「機器族」，怎會像我那般蹲下來用小劑和手工細細去揪除？不過乾脆用殺草劑噴灑一番吧？讓它們速死就是了。這可不是我要的景觀。於是散步一圈回來後，趁朝陽未熾，拿著小劑，蹲下來重新做起過去的活。專注地一點一滴將枯黃的一塊塊劑起拔除。草真是堅韌啊！雖遭毒害，其根仍是無比強韌地緊抓地心不放，這工作還真吃力，好用機器的老美，怎肯這麼耐心去做？我的習慣是一開工，不完成就不起身，倒也如草般堅韌。

　　這期間絡繹地有鄰人來來往往，零落地和我打招呼。先是緊鄰的Rodney，他總是獨自散步，夫人是不跟的。和他打過招呼後，猛想起他那隻毛茸茸的大黑狗呢？好像最近沒見過他牽狗，莫非牠「走」了？

　　接著看到住在綠柳巷的Barbara老太太也走來了。她真厲害，

至少80多歲了吧？能將我家四個小孩記得清清楚楚，偶爾散步碰面，她就會逐一探詢我家小孩的近況。多年來，她是標準的時鐘，每天一早準7點就出來散步。怕過於清涼，我常晚些出來，就不一定能碰到她。奇怪，現在都近8點了，怎麼她今天晚了？會不會因為是周六？這回她沒問我小孩（昨天才告知她，艾梅結婚，又兒子將回來參加國慶日長跑），倒是對我透露，她家右鄰新搬來了一戶華人，好像是姓Yuan，建議我以後路過，可去認識認識。

然後是鍾愛我家荷花的那位洋妞（至今不知她的名字），她曾用手機拍了不少它嫣然開放的倩影，還秀給我看。上回散步時，還向我探問荷花幾時開呢？我只得無奈地告知兩個荷花苞無端被劫事。今晨她路過，對我提及她家的番茄也遭劫了。她說因附近某處樹林遭剷平蓋屋，所以不少林中動物湧出來覓食。難怪最近散步時，除了見到不少兔子，還目睹了好幾隻狐狸。人類雖早已是地球的主人，但別忘了，還得與諸多其他動物共存啊！

每天每天，我們都演著一齣齣大小故事，社區感情就麼點滴培養。比起一般老美，我們華人額外得謹言慎行，因為我們代表著我們的源頭啊。所以至少庭院的整潔，是我多年來努力要秀給洋人的一面。

2019/6/29

七月情

　　這期七月份的《讀者文摘》，有個好可愛的封面：是個美國國旗圖案派餅，左上角是藍莓餡，上綴大小星狀派皮；其餘是大片櫻桃餡，其上也橫著一條條派皮。是啊，為慶祝國慶呢，這第243年的國慶！這幅別緻引人的國旗派，使我想到家中小孩之喜愛派餅，尤其是大兒子。過去多年，每逢他回家過耶誕，我會親自烤出兩大盤蘋果派，讓他和妹妹們吃個高興。兒子食量大，他出外上大學前，妹妹們在家中得和他搶著吃。有回大女兒貞妮搜尋櫥櫃，遍尋不著前日剩餘的蘋果派，哭喪著臉叫：Bobby finished the apple pie！

　　從國旗派餅想回亞城的七月。亞城在七月最著名的慶典活動就屬一年一度國慶日的Peachtree Road Race，吸引遠近人士數萬人參加，誠為美國參與人數最多的長跑活動。兒子從高中時代就開始加入，幾乎年年樂此不疲。外出求學工作後，常在七月設法回來一趟，重溫亞城桃樹街的旗海人潮歡騰。今年他還帶來個長跑夥伴——一位來自Nebraska的美國女孩。他們在佛州長跑時認識，她居然還吃素呢。雖然三十多歲了，她仍未婚，很乖，一直和父母同住，照顧雙親，幫爸爸溜狗，又幫媽媽掌廚。從13、4歲起，她就自然地不愛吃肉，漸漸遠離。她喜歡早睡早起，一頭

金褐色長髮，身子很修長。我兒子出門喜歡拖，常見她在旁無奈地等候，倒也跟著他進進出出。這回是她初次來到喬州，挺不習慣亞城的濕潮，對我聊起她家鄉的乾爽，雖嚴冬漫長。

國慶日那天一早，他們不到5點就起來準備了，我也早起招呼。只見他們全副跑裝打扮，胸前還別了號碼牌。兒子說長跑7點就開始了，因為人多，分批開跑。起跑點在高雅商業區 Buckhead 的 Lenox Rd 和桃樹路交叉口，沿著桃樹路南下，直到中城更名為桃樹街，到第十街交叉口為終點，全長10公里（6.2 miles）。他們將投入萬頭鑽動的跑步族中，沿途人群的吶喊喧囂，將激昂沸騰得勝過酷暑高溫，何況今年恰值「桃樹街長跑」進入其第五十周年，意義來得額外特殊，讓人額外興奮難忘。報載，其首次活動在1970年舉行，當時的第一批跑者只有150位。自從1976年亞城憲報AJC接手贊助後，參與人數在三年間暴增了10倍，從1千多人到1萬多人，持續成長到今年的6萬，為世界上十公里長跑的人數之冠。

他們午後汗流浹背地回來了，兒子攤在桌上一袋什錦東西，原來是大會送的禮物袋，有香蕉、馬鈴薯片、甜脆點心條、小毛巾……等等。毛巾上印著Delta和Coca Cola，原來有這些大公司「撐腰」，否則要備出6萬袋禮品，可不簡單呵！

昨日他們晚起，吉妮直等了Bobby數小時忙完他的手機雜物，到午後才得一起外出吃午餐、去可口可樂博物館、去逛奧運公園……二女兒嘉麗下午家教回來，就待在廚房開始為他們料理晚餐。她調出一大盅生菜沙拉，又在爐上烹煮出一大鍋混

有黑豆、玉米，加上小豆蔻、洋蔥等調味的雜糧粥飯，味道不錯。烤箱裡還有一大玻璃盤水蜜桃餡餅派。說好6點晚餐，因他們晚出門，許是國慶日長假，在可口可樂遇上空前人潮，排了一個多小時才得入內……總算等到他們的白車回到後院，還沒進家門，忽來一陣大雨，已是8點過後了。

吉妮坐在餐桌前看嘉麗上菜，很感謝地說，她在家都是燒菜伺候家人，現在居然能讓人伺候呢！我是不吃晚餐的，何況這麼晚了，只空坐著陪他們聊天。嘉麗的飯做得糯軟適口，很對他們胃口，都說好吃。終於甜點水蜜桃餡餅派上桌，我順便提起《讀者文摘》上寫到美國五十州的招牌菜，喬州的signature dish可正是Peach Cobbler呢！如同嗜吃蘋果派，兒子也愛這水蜜桃的，他不知包辦了多少，直到吉妮喊停：「留些給你媽媽吧？」窗外正雨聲嘩嘩……

2019/7/6

隨她神遊

　　上月中旬，有個機緣為大學摯友陳光蓓電打一篇上萬字的〈河南旅遊記〉，我好像也跟著她去神遊一番。光蓓十多年來，勤跑神州大陸，少說也有十多趟了吧？她幾乎遊遍中國的每個旅遊角落，去年聚焦於河南。

　　提到河南，我們會想到洛陽，這數千年的古都；也會想到開封，這包公的官場。其實目前河南最大的都會在鄭州，她還是全國最大的鐵路樞紐站呢。光蓓就是從桃園機場直飛鄭州，以其為出發點，再到處遊去。她先西赴洛陽，吃到著名的洛陽水席，再去遊龍門石窟，看到照武則天相貌雕塑出的盧舍那大佛。接著往西去新安黛眉山的龍潭大峽谷，見識到壯偉的砂岩地貌和峽谷景觀。這裡已接近山西，屬太行山脈南麓，匿著不少奇特景區。往東北三小時車程，就來到焦作，這裡的景點可密集了，她遊了雲台山景區的紅石峽、潭瀑峽、泉瀑峽、獼猴谷和萬善寺，還去了青天河景區的大泉湖。從焦作再往東，來到新鄉輝縣南太行景區的八里溝，看到有名的天河瀑布。因水源充沛，比落差最大的雲台天瀑（經常水量不足）還要魄然驚艷！其層層跌落的多級疊瀑形成四級瀑布群，很是壯觀熱鬧！妙的是，在瀑底山崖邊鑿有200米長、弧形繞潭的人造洞，即水

簾洞。因有瀑布群的遮掩，並不顯眼，已巧妙地融入瀑景中。從洞中的每個窗洞透過晶瑩的瀑水珠簾往外探賞，另有一番生動淋漓的美景；在光蓓附來的諸多相片中，這是我最嚮往的一景，多美的水晶簾！那份水意濛濛的潭瀑觀，尤其在炎炎夏日，看來額外清涼！

　　光蓓又去了附近的萬仙山景區，體驗了絕壁長廊的偉大和郭亮村人的堅忍。這1,250米的長廊是郭亮村人以人力鑿出的隧洞，通過隧洞就進入這石頭山城──郭亮村。多年前村人與外界的通道只靠明朝年間在絕壁上開出的720級直上直下的天梯，相當危險而不便。直到1972年，村長立志要開拓出一條安全的對外交通之路，於是率領全部村人動員，歷時五年而完工。當初為了採光及便於丟出碎石，沿著隧道，開出了35個天窗，如今倒變成賞景的絕佳窗口。這絕壁奇觀竟是意志力凝成的，好感人的一段故事！

　　她接下來的節目是續往東北，去到林州太行山大峽谷，包括諸多景區，她去了桃花谷。我們都主修考古人類學，對於考古學家在河南最感興趣的應是安陽小屯的殷墟宮廟遺址了。尤其是甲骨文的出土，證實了史記〈殷本紀〉的真實性，使中華歷史得以上溯到3,500年前，其意義更甚於北京猿人和秦兵馬俑的發現。

　　安陽的文字博物館是她十天旅遊的最後一站。帶著黑枸杞子、棗夾核桃等土產和多日進出峽谷的清涼及殷墟文化的重溫，於去年秋末，由鄭州回到台北。藉由她的文字，彷彿我也去遨遊了一遭，也穿梭在諸多潭瀑間，渾身清涼，彷彿也驚賭了甲骨文，讚嘆它的悠遠……

2019/7/8

卷二

旅遊篇

秋旅摘記

年年五月回台。今年2014為參加11月間外文系的活動,而延到11月初才回故鄉。

邂逅

在熬過漫漫14小時半的長途飛行後,來到東京成田機場,還有四小時待衝刺呢!幸而一上機,鄰座是位華人男士,我試著和他搭訕:

「你住台北嗎?」他解釋道:

「我住在美國休士頓,先回去台灣擱了行李,再趕來日本參加同學會。」我說:

「我大哥也住過休士頓多年呢!」

我提大哥的名字,他倒不認得,卻滔滔地談起他的履歷,談他當年是台北工專畢業的。我馬上反應:

「我大哥也是台北工專畢業的。」

他說,畢業後有個機緣去日本仙台插班讀大學。我聽到仙台,心中就起皺,想到數年前那毀滅性的大地震、大海嘯與核洩,使日本國運整個改觀。他倒不動聲色地說,仙台那地方可美

呢！尤其在冬天，白雪漫漫，周遭靜寂，好像仙境……又提到在日本就學告一段落後，轉赴美國路易斯安那州攻讀碩士，再讀博士。我不禁接腔：

「我大哥也是去美南得了碩士，他也是攻讀化工耶！」

我就在機上替大哥與那位先生有了諸多共鳴，包括他喜歡聽歌、唱歌、寫詩、書法、畫畫等等，這些我大哥也全「包辦」了。四小時的旅程就如此精彩紮實地解決過去。

飛機降落前，攤在他膝上的iPad還列滿諸多他喜愛的台語歌曲要讓我瞧呢！

借問

回到熟悉的台北民生社區，又踏足不少熟悉的街道。最為方便的是，新中街、民生東路口的公車站牌，匯集了十多線通往台北各地，只要知道搭幾號車，則台北市內，無遠弗屆。我曾循著民生東路五段往西直走，發現接近光復北路口的「聯合二村」公車站更「酷」，每線即將抵達的時間都亮出來，很是方便，候車者不用毫無頭緒地癡等，可先有「算計」。

11月15日周六晚，是一星期來外文系活動的尾聲，在六福皇宮飯店有個歡送盛會。我提著兩袋書，盛裝來到民生東路口的254公車牌（事先探知可到南京東路）。因時間充裕，很不用花錢叫計程車；因書重，不願一路走去下一站「聯合二村」，卻想知道班次不多的254還要再等多久啊？不意瞥見附近有位「低頭族」

男士在點查他的smart phone，於是鼓起勇氣，請他幫我查查254何時到來？他一番搜索，即告知：「再五分鐘！」真好！我不再懸心，氣定神閒地等了五分鐘，果然準時到來。多謝新科技！只是我仍不想成為低頭族，這大批的前進人士啊！已充斥台北市。據云，台灣使用smart phone的人口比例為全世界之冠，是幸乎？是不幸乎？

邀月

　　一如往年在台的作息，晨起先赴民權公園繞圈健行，再漫步大街小巷，買豆漿去。這回不再如以往去富錦街，而是轉移陣地，過民生東路，去一小巷中的豆漿店。在拾步由民權公園出來前往民生東路途中，常在某巷口迎上個雅致的咖啡店招牌，是一彎月兒，俊逸地拉出「邀月」兩字。每天早晨，總迎上它來「邀」我。我路過幾趟，它也「邀」了我幾趟。有時甚至錯覺，在兩次「邀約」之間，好像並非一日，而是一瞬間呵！因而深深感悟到，為何佛說，人生不過是「一刹那」啊！

　　沒錯，現在回到亞城，細細回味節目滿滿的兩周行，卻已飄忽遠去，遁成了一刹那。人世如此飄忽，唯有用文字去留痕吧？是為記。

2014/11/29

溫馨滿滿台東情

　　多麼美妙的機緣！沒料到透過「亞城園地」，能結識幽居台東的詩人林明理；沒料到這次2016回台，真能和她見到面；沒料到細密籌畫了整整五個月的台東行，真能圓滿實現。而滿腔熱忱、行事靈敏、說話俐落的林明理，其待客之周到殷勤，猶如其作品，如是豐沛滿滿，令我們一行八人，永生難忘！

　　這次成了我返台亮點節目的台東行，同去的還有兩對外文系學長夫婦，即余玉照伉儷和陳蓮蓮夫婦，外加來自美西的小女兒艾梅、其男友梅森及其母姜萍女士（他們兩位都是初次來台）。如此浩浩蕩蕩八位，交集了夫妻檔、情侶檔、母子檔與母女檔，誠是一趟甜蜜的「有情之旅」，乘著普悠瑪的翅膀，我們來到靜處台灣東南隅、勇迎多次颱風的美麗淨土台東。為了看妳，明理，而因為有妳，台東更美麗！

　　任誰都會感動，妳初次為我鋪排的旅遊行程，竟是那麼細膩周全，一天走海線，一天走山線，如此蜻蜓點水地領略大台東的山水。有富岡漁港、杉原海岸、加路蘭海、八仙洞，有鹿野高台、初鹿牧場、關山米鋪、池上大坡池、森林公園、琵琶湖等地，有美景，有美食，使我忍不住呼朋引伴地，合成浩浩蕩蕩的八人行，而妳依然張開雙臂，熱烈歡迎。

　　幸而，這些同伴都歡欣投入，健康配合，盡情享受旅遊之樂。難忘第一天中午在美麗灣享用的道地泰式檸檬火鍋，涼棚下，炭火上陶缽內的肉菜好湯初沸，海風清暢襲來，我們兩大桌笑語喧喧。美餐後來到壯闊的杉原海岸看海，又路過都蘭達麓岸部落屋與海共留影。行抵加路蘭廣場，爬上望海坡頂端，在呼呼海風中，仰望遼闊藍天，腳下是茫茫巨濤拍岸，彷彿隻身已融入浩瀚的海天一色中，多難忘的悸動！

　　天色暗沉了，我們來到秀泰影城，逛店、休憩、聊天。年輕人已逛去燈影輝煌的熱鬧鐵花村……回到舒適的民宿，我因早睡，錯過了一特別節目，去民宿隔壁明理的書房聽她誦詩。

　　翌晨，享用了民宿主人彭先生用心準備的香稠清粥和繽紛小菜。和昨日一樣，我們分乘兩部車，分別由明理的先生謝文宗和一位包著頭巾的原住民蔡先生掌舵。原本擔憂台九山線因多次颱風造成土石流，幸而多處已修復，只錯過可看到台灣獼猴的泰源幽谷。

　　我們歡欣入山，往西北迂迴來到鹿野高台，品嘗著名的福鹿茶。又往北直驅以客家菜聞名的關山米鋪。我們落坐在有傳統風味的簡樸木屋中，一道道可口的客家菜餚，在山遊中額外入味。餐後屋旁涼棚下的迎面好風，風中時起漣漪的大蓮池，池中自由穿梭的肥鯉魚，我和蓮蓮在池畔歡愉敘聊……

　　接著再往北來到著名的池上大坡池，平靜的池水在艷陽下閃爍。坐入池上音樂廳欣賞古典音樂演奏的影片，再出發去稻米原鄉館，台東以生產有機稻米聞名呢。天氣真好，彷彿夏日，還路

過吳媽媽冰品店吃冰棒，各種口味，人手一枝。我不吃冰，俯身觸摸著蜷曲在椅上的一隻大黑貓，綿軟綿軟的……來到史前博物館時，已夕陽西下，我們在薄暮中觀賞館外排排的黑色木雕，各有其主題創意，栩栩如生。晚上來到台東市的南北餃子館，明理熱誠，也請了蔡導遊和我們一起共餐。

　　第三天早餐後，我們成群漫步去長長的卑南水圳公園。沿途有花木，有人家，有淙淙流水，有碑石涼亭，是離開台東前難得的一趟舒閒散步。中午來到明理美麗新穎的花園洋房府上聚餐，在眾人點吃鐵路便當時，明理特地為我燒煮出一大鍋什錦蔬菜湯，盛情難忘。

　　這次旅遊，明理全程奉陪，沿途精闢解說，又靈巧地為我們做特寫攝影。她的取角，流露了她的藝術天分，張張生動自然，可說是導遊、攝影兼隨身伺候員，我們在她的妥善照拂中，怎不滿懷溫馨呢？又其夫婿謝文宗也熱誠配合，請假當司機，沿途寒暄講解，是感人的婦唱夫隨。

　　總結台東行，可謂好景、好餐、好心情。蒼茫的中央山脈，是巍峨的天然屏障；連綿的金黃水稻田，蘊著著名的台東米；數不清的各種熱帶果樹，包括有名的釋迦，都結實纍纍；遼闊的太平洋，掀起壯偉的海浪；純樸的原住民，增添了台東獨特的人文景觀。她雖如〈綠島小夜曲〉中默默無語的姑娘，卻沉默得如此清新怡人，舒暢難忘！

　　感謝妳，明理，因妳，我們結識了台東，這塊源源不絕賦予妳詩作靈感的美地，也是我們在台最美的回憶！

2016/11/12

台北，一個舒閒午後

　　這趟2016回台，短短兩周，行程排得相當緊湊。

　　10/27周四晚抵台。次日周五，即趕赴外文系在祥和蔬食餐廳的午宴，還帶了小女兒艾梅、其男友梅森與其母姜萍女士同去，讓大家認識。周六上午，帶客人前往台北101，又上到89樓的觀景台。梅森注意到地面稍北方有一棟金黃色宮殿建築，好奇問道：「那是甚麼？」「是國父紀念館啊！」於是我們下來後，即過去見識（他和媽媽都是首次來台，連同艾梅都只停留一周，我盡量在這有限的幾天內，帶他們重點式逛逛）。入館不久，正趕上衛兵換哨，蠻新奇的。中午，我們大夥來到汐止弟婦小弟開的牛肉麵館，享受了各色美味麵食小菜。下午大弟熱心，在微雨中驅車帶我們去九份，可惜還沒靠近掛滿紅燈籠的觀光舊街，因嚴重塞車而折回作罷，至少讓他們領略了北台灣的郊區風光。晚上與大弟全家齊赴內湖的龍園，二哥要宴請，他們三代同堂幾乎都到齊了，美味菜餚一道又一道，無比豐盛。

　　周日近午，帶客人前去太平洋百貨公司樓下的鼎泰豐，取號還等了一個多鐘頭，多少人慕名而來呢。暢享湯包小菜後，再去遊逛。周一清晨，即出發去松山車站搭普悠瑪前往台東作歡欣三日遊。11/2晚間回到台北。次日周四上午，我帶他們去走逛台大

校園。中午請他們在大弟公寓附近的祥福樓吃麵點小菜。下午他們就整裝赴機場要回美國去了。

接著，是我自己的節目。週五搭捷運去北投會好友高瑲吟夫婦，同去99藝術中心要看畫展。可惜暫時進不去，於是我們先去士林喫茶趣午餐，我享用了相當美味的素食套餐，在微寒中。出來巧遇一大片含羞草園，我們蹲下來觸摸著玩。接著先回他們士林家中歇息閒聊，再折回藝術中心，總算賞到畫展。周六、周日試用大弟的smart phone查emails，也數次上市場逛衣買水果。周一中午，趕赴審計部附近的北海漁村與考古系同學共餐。真不容易，在台的七位都到齊了，好豐富美味的海鮮料理。餐後再轉赴隔壁喝飲料敘聊。穿了一身美麗寶藍的田靜逸帶來一盒新鮮的桂圓蛋糕在現場饗客。我們聊了許多許多有趣的校園往事，直到4點多。那是我在台的最後一個節目。

第二天，11/8周二，就自己悠閒地開始理行李，拎相機外出捕景去，上市場走走逛逛。午後，多日晴朗的台北開始變天，涼風陣陣，兼帶輕細微雨。我閒不住，仍沿著民生東路五段，向東直走到新東街口的大郵局，探詢寄包裹之事。回到新中街，這大弟重新整修過的嶄新公寓：光滑的大理石地面，敞亮的起居室與餐廳，只一道半高石牆間隔。石牆一面是大片寬銀幕電視，另面成了餐廳的背景。長形深褐色餐桌上數支低垂的吊燈，柔和地照著兩邊齊整排列的翠綠餐墊。這安寧高雅的氛圍，今日可添了笑語喧譁。原來是弟婦素靜的妹妹素惠及其夫婿廖先生到來。我是初次見到這位高大的廖先生，大弟介紹，他就是這次主

導整修的大功臣，是位建築師呢！這次回台，正讚賞著全屋的煥
然一新，忽然「導演」現身，自是欣喜讚嘆。我誇他的新潮設
計、儘量採光、燈罩的柔和、走廊自動感應燈的方便、廚房各式
裝備的新穎，包括烘碗機、咖啡機、濾水器、熱菜平台爐、嵌入
壁間的微波爐和電動飯鍋等。在翠綠餐墊邊，我們圍桌暢聊。原
來廖先生夫婦經常出外旅行，明日還要上機。他談到他接過的幾
項工程，談建築，談設計，談裝潢。大弟也提起近日公寓隔壁的
男主人忽然中風，其女兒帶他進出醫院。她吩咐大弟不要去斬樓
下那棵樹，那是他父親最寶愛的，現在他病中，不要看到這樹夭
折。大弟因那樹的樹根影響排水，常導致積水，所以最近多次想
「修理」它。「奇怪，為什麼那麼迷信呢？」大弟納悶道。大
家也不解，我心中倒覺得好笑，這不是像透了19世紀美國小說家
O. Henry的一篇The Last Leaf中所描寫的嗎？在紐約格林威治村一
位女肺病患者見窗外牆上的長青藤葉一片片在寒風中飄落，心想
著等最後一葉落去，她的命也到了終點。後來虧一位熱心奮勇的
德裔管理員在半夜暴風雪中，在最後一葉掉落處，用畫筆塗上了
鮮綠的一葉，使她誤以為是活葉，於是又萌生機，振作著大有起
色，活了下來。倒是這勇漢因此重感風寒而一命嗚呼……我簡短
地說出這故事情節，他們都大笑。大弟這才恍然大悟，暫時不敢
對樹下手了，尤其在這關鍵時刻。

　　不久廖先生夫婦起身告辭，他們得回去理行李呢。我站起來
瞥一眼牆上微波爐的時間，怎麼？怎麼才兩點半啊？以為都4、5
點了。這個下午怎麼過得如此充裕呢？在美國時總忙忙碌碌，尤

其在下午，要忙外子的兩次餐食，時間常一晃而過。是悠閒的心情使時間的腳步也悠閒嗎？大概愈要去抓，愈溜得快吧？

感謝天，這兩周雖來去匆匆，倒也精采紮實，樂趣多。

2016/11/16

再續台東情

　　若不去看看山，怎算到過台灣？看山不去台東，怎體會到山可以如此秀美，如此天然，如此可親，如此蘊存著寶島的靈魂？

　　10月30日清晨，趁2017返台之便，搭乘太魯閣號，再次來到去秋有幸一遊的清純淨土──台東。出版過諸多文學評論集、散文集和詩集的林明理，已笑吟吟地迎在台東火車站前，開始了對我兩日台東遊的熱誠接待。其大女兒宜君負責首日開車，也加入接待行列。

　　不似去年的浩蕩八人行，這次單槍匹馬，望能減輕他們的接待負擔，也能有更多時間和明理溝通交流，來得更為親密溫馨。她深知我的飲食嗜好，一入門，已是一大盤切好的各色美味水果在迎接：有紅皮珍珠子的百香果、有明黃多汁的奇異果、有香甜玉黃的芒果，有淡綠甜脆的香瓜……

　　已是近午時候，我們很快出發吃海鮮餐去。許是周一，許是旅遊淡季，處處人跡稀稀。迎面是涼暢的秋風，拂在亮燦的秋陽中。往北跨越卑南溪，來到有名的富岡漁港。明理領著我們進入一家她熟識的老店，與老闆打聲招呼，一道道的佳餚就上桌了：有鮮嫩的清蒸魚、鮮翠的炒菜蔬、肥美的秋蟹、引出我童年相思的小卷和蜆仔……我們三人邊聊天邊享餐。她大女兒宜君最近考

入中華電信，得以由外地返鄉工作，在福利優渥的大公司中發揮一己之力，真是不易！這次能「隨團」吃盛饌，也算是在11月1日上班前的慰勞吧？

我曾表示，希望這次的旅遊是悠閒漫步，不用匆匆趕路。善解的明理排了不少「走路」的節目。餐後，我們過河回到台東市，開到附近的卑南文化公園漫步聊天。此處又稱卑南遺址公園，因曾在此地意外發掘出不少新石器時代的人骨遺物，政府特別保護，建成公園。我們穿梭在濃密樹蔭中，不見任何觀光客，靜得只聽到嘰喁鳥語，看到了不少紅色扶桑花，我們相互拍照留影。有趣的是，除了對詩文的喜愛，居然她也和我一樣，沒有幾乎人人掌中不離的智慧型手機，仍用數位相機上陣。

隨後來到某處，逛入一高雅咖啡屋。上樓各點了一壺茶。我的是含有薄荷的舒服茶，明理的是含有草莓和蔓越莓的果茶。宜君喜歡我的茶，直呼好舒服唷！明理注意到斜對面有幾個青少年，一動不動地各自在滑手機，其中有個相當胖，顯然欠運動。

出來後，繼續前往附近的史前博物館，再次去回味去年來過的木雕走廊。一尊尊生動的黑色原住民木雕，各自訴說著一段段感人的故事。台東的人口，有1/3是原住民，處處可感到政府對原住民的體貼尊重。去年來此已暮色四合，這回在下午的秋陽中，賞得更為清晰。

黃昏時候，來到市區的鐵花村。此處是台東舊站拆除後重建出的鐵道藝術村，是市民夜間藝文活動的亮點，處處懸掛著五彩繽紛的創意燈籠，有誠品、星巴克等名店林立，有形形色色的

手創藝術品攤，周末假日還有音樂聚會，應是年輕人和觀光客的聚集之地，但當晚我們見到的卻是冷清清的寥落場面，可能是周一，也可能因陸客大幅減少，景況已不如往年繁榮。

回到明理那台北罕見的獨樓獨院、雅據轉角、美麗精緻的家園，她又饗我一頓豐盛的水果宴，邊聽她談起數年前如何想濟助一位失業原住民找工作的奔波經過。就在快要幫上時，他卻已出了家……人生有多少無奈啊！我們直聊到7點多，她先生回家了。我起身告辭時，正迎上謝先生提著一盒鳳梨酥進來，還分一塊給我。我歇息的民宿，就在她家隔壁，多方便呵！

10月31日

一夜飽眠到清晨4點，一番梳洗打點，下樓到民宿餐廳寫日記，直到天濛濛亮，明理過來了，要約我一道去賞日出。這回由她先生操盤開車，經過富岡往北，直驅加路蘭海邊。一下車，但見浩瀚的天空，遼闊的海洋，海天接合處，數道金光從濃厚的雲層下迸射而出。灰暗的天，漸染霞泛白；暗沉的洋，漸有粼粼波光。這大片海灘，只有我們，再無他人。海風涼淨襲來，在這神祕天然的曉旭初透時光。我們忙著拍照，忙著捕捉這晝夜交接的珍貴剎那。

海邊歸來，在民宿餐廳享用了美味的沙拉麵包西式早餐。8點多，開始了由明理先生謝文宗開車、明理沿途導覽的山線之旅。台東有兩條南北向的主要公路：一條是沿海的台11線，一條

是靠山的台9線。是日天氣依樣晴美涼暢,我們沿著中央山脈和海岸山脈之間的台9線北上,觸目盡是柔麗起伏、天然青翠的山巒。途經去年停歇過的鹿野、關山,來到以產台東米聞名的池上鄉。去年遊過了池上的大坡池,這回我們轉移陣地到殿宇巍峨華麗的天后宮,在前庭留影,並入內參拜祝禱。接著來到頗有口碑的翠華小館,品嘗到無比鮮嫩的清蒸魚和客家風味的梅菜扣肉、客家小炒、炒過貓(一種菜蔬)和清美的冬瓜湯。

出來去遊藝術氛圍濃厚的池上火車站,瀏覽懸掛滿牆的當地人書法作品和畫作,此高雅火車站儼然成了畫廊。接著來到池上農會試吃海苔米香、薑黃餅,又飲了免費提供的玄米茶。再去著名的陳協和米廠,和陳先生聊天,他還請喝洛神茶呢。沿著台9線南下時,路過美農,嘗到道地的草仔粿。又路經一大片鳳梨田,在攤上吃了現摘現切的美味鳳梨。將車停在五彩輝煌的志賢宮前,我們徒步來到筆直的伯朗大道,邊走邊欣賞兩旁秋天的田野和山丘風光。還走入一條蜿蜒的鄉間小路,看到一大片釋迦園,這台東著名的水果一顆顆都用黃套呵護著。還眺望到高空兩隻飛翔的鷹,據云,鷹只出現在沒有農藥汙染的地方。走著走著,在路旁欄杆內瞧到一大群喔喔叫的黑羽公雞……

黃昏,回到明理家中,又是豐盛的水果和溫馨的聊天。

11月1日

第三天清晨,和明理再散步一次去年走過的卑南水圳公園,

晨風涼襲，話語滔滔。回到民宿，享用了以台東米熬煮出的清香稀粥和各種客家風味小菜。又是一番在她家中的聚聊。10點多，明理送我到車站，結束了多采多姿的第二度台東遊。望向車窗外漸行漸遠的群山，漸行漸遠的金黃稻田，再會了！台東！她永在我心中。謹以此文，額外感謝明理的滿腔熱誠和殷勤接待，也感謝其先生和女兒的體貼配合，讓我如此愉悅地再續台東情。

2017/11/2完稿

2017/11/13完成電腦打字

最是綿長同窗情

　　過去十年間，幾乎年年回台。沒有一次不和大學同窗聚餐共聊。而幾乎每次，都由熱誠的田靜逸四下聯絡召集。

　　2017這回不巧，日期近了，她才臨時得知須趕赴大陸一趟，去探望97高齡的長輩，無法和我見面，也無法繼續安排她所策劃的餐聚。我想，群龍無首，又某位同學是日可能有事，另位同學得隨時照顧老母，怕離不開。如此，肯定的不過是兩位。因聚會情況未定，所以抵台後，在忙碌中，也未積極去聯絡。

　　未料從台東回來後，大弟說，田靜逸已來過電話問安，她次日即將上機呢。借大弟的手機查emails，原來她還給了我信函，希望我和其他三位同學聚會愉快。這下我才立即聯絡，原來他們真的為了我要去外交部之便，排好了在附近的台大校友會館蘇杭廳，而得照顧老母的劉琅仙真能趕來，使我們有了相當難得的四人聚。靜逸雖無法到場，但那份關懷的熱誠還是積極促成了這次相聚。想想不過三年的同窗情誼（她大二才轉來），竟是如此恆久感人！

　　那天多虧有持續在練舞、善於保養的鄭國定之談笑風生，串起了嫻靜內向的劉琅仙和樸欽寡言的陳祥水與我之間的點滴交流。兩小時暢聊後，我們閒閒出來。琅仙要回新店，與我們不同

方向。國定和祥水送我到公車站，國定說她可以和我同車再轉捷運。向來木訥卻忠心耿耿的祥水，居然直等到我們的公車來了，他才獨自離去⋯⋯是啊，這十年來，我們雖一年年地添了些滄桑，永恆不變的是那份純樸的傅園情，常在你我心上⋯⋯

2017/11/5

峽谷情深
——2018北一女校友七十慶生紀遊

　　老美大概難以想像，我們這屆來自台北同一所女校，在美洲大陸「飄泊」了40多年的異鄉人，籌辦起校友旅遊，居然聲勢如此浩大。包括來自台灣等地，連同另一半，共有177位之多，坐滿四輛大巴。在四天的行程中，暢遊猶他州數個峽谷公園，飽收勝景，歡樂滿懷，在邁入夕陽年華之際，凝成額外珍貴的回憶。

4月18日

　　午後抵達美國沙漠中的鑽石城市Las Vegas。還沒來到下榻的Wynn Resort，即在由機場前往酒店的shuttle bus上遇到了久別的同窗。高中三年最要好的柯美珠與夫婿就在車上。她依舊善於保養，巧於打扮，總是端莊嫻麗。20年前在去墨西哥的五十慶生遊輪上，我們還共聚同歡過，為何像是昨日？再往車後挪，更為驚喜的是，遇上了大學畢業後就未曾再見過面的考古系同窗——清秀的夏曉蘭，模樣兒一點都沒變呢。

　　進入這豪奢得美輪美奐的Wynn Resort，一方面忙著尋覓同窗，一方面驚艷於裝潢得五彩亮麗的各處廳堂迴廊，忙著取景合照。又巧逢柯美珠和數個好友走來，其中一位見我和柯打招呼，

即説：「我是信班的張素美，樸素美麗！我父親以前教過柯美珠鋼琴呢……」這麼一解説，我記上了她的名字，我們也喜孜孜地分別與附近的五彩花飾留影。

　　當晚在對街的義大利餐廳Maggiano's有個盛大的歡迎宴。全體出席，分班圍坐。許是迫不及待，訂了7點入席，不到6點半，已有多批校友絡繹來到餐廳前的走廊上，彼此尋覓、驚呼、廝見、擁抱、吱喳敍聊，已提前展開了相逢盛會。我驚喜於見到了長安國校的同窗劉家祥，過去她就坐我前面第一排，文靜可愛，很得老師鍾愛……趕緊和她合照。很快另一頭又見到了台大歷史系的雷戊白，還帶著她的夫婿──高大的葉陽初。戊白和我一樣，也常投稿。她曾在文中提及有人如此形容他們夫婦的名字：「太陽出來，霧是白的」，所以我一見他們，就這麼説，她會意地笑了。

　　一入場，18席大圓桌已整齊地等著我們蒞臨歡慶。主辦人致詞，全體唱校歌，一道道的義大利菜餚豐盛上桌……我們仁班圍坐一桌，除了坐在斜對面的柯美珠和她夫婿外，還發現坐在正對面的竟是高中畢業後就未再碰面的李育秀，都超過50年了，難得她面容如昔，還是那雙大眼睛和可愛的娃娃臉，這次也帶了先生來。而坐我旁邊的正是20年前在慶生遊輪上當過我艙友的蘇經莉，因長得像凌波，也是我們班上的梁山伯，真和她有緣，旁邊是她的英籍夫婿。還有一位周瓊華，和我一樣來自喬州，因原從誠班轉來仁班，已被誠班拉去圍桌了，但她蠻有仁班情誼，不時過來和我們合照……都近9點了，我的亞城時間早該入睡。於是

捨了甜點——草莓乳酪蛋糕，提早出來要回酒店。出來前又遇上和我一同來自亞城的樂班黃美美，我們早就相熟，還是熱絡地合影一番。

4月19日

　　一早，與室友書班的高菊媛從38樓下來，來到酒店南門外等大巴載我們去附近的粵菜館吃飲茶當早餐。難忘一進餐館，即有熱豆漿等著，太美妙了！一盤盤的點心不斷上桌，豐富得還有校友包著帶上車。

　　這次旅遊，我們以顏色分成綠、黃、紅、藍四組，分乘四輛大巴。我們仁班，屬前段班，在綠組；菊媛的書班是後段班，在藍組。因不同車，我們在旅遊中常分道揚鑣，只有在寢室才碰面。在固定的大巴上，我倒有位固定的芳鄰——忠班的陳雪明。因我們有不少科目都是共同的老師，蠻談得來。

　　綠巴的導遊是位頭髮開始花白、相當資深的臧先生，自稱是來自台灣、祖籍山東的外省人（但也會說些閩南話）。當車子離開市區，一路往東北峽谷區前進時，他開始熱誠滔滔地講述當地的歷史及人文地理景觀。他先介紹此區的地形演變，75萬年間的滄海桑田，如何從一片汪洋上升為今日紅白夾纏的沉積岩峽谷景觀。從地形講到摩門教的歷史，再上溯到新英格蘭的清教徒移民、美國獨立後的往西探險，在1805年冬天終於抵達太平洋，成了盤據北美洲，與兩大洋為鄰的美利堅。可憐的原住民倒被趕入

保留區……鑒於車上還有數位外籍配偶，臧先生是一遍國語再一遍英語地詳細解說，真難為他！不用折騰我們去輪流唱歌，只管讓我們坐著聽他「上課」。

進入猶他州的St. George時，已不是太平洋時間，得調快一小時。我們在此下車歇息，再上車繼續前行。沿途盡是紅白夾纏的沉積岩，高大遼闊，偶有稀疏的綠色植物點綴，大多是silver sage，因有香味，牛羊不吃，倒是印第安人用來曬乾祭祀。另有一種形狀奇特的小樹，因其伸出的枝椏形似Joshua伸出手臂在祈禱，摩門教徒稱之為Joshua Tree。

總算在1點多抵達Zion國家公園。我們一批批下車，在小道上健行一陣。很高興見到毅班的孫璐西，她曾是我的小學班長。我喜得找來劉家祥，我們三人在背景是高峻的紅白岩山前留影，算是小學情誼的重溫。又忍不住對孫透露：「我在亞城的書香社主講過妳父親孫運璿呢！」她笑得不敢置信，這位卓越的經濟部長和行政院長的大女兒。

中飯就在公園內簡便野餐，有海苔飯糰和沙拉水果。再上車都兩點過了，我們要趕往另一個勝地──有名的Bryce峽谷公園。不料半途，前面的紅組大巴突然熄火，動彈不得。只好全車校友及配偶連同行李都搬來我們綠組大巴，增加了不少重量。也是無法，因黃車與藍車不知情，已先行離去。我們這輛超載車戰戰兢兢地前行，還過了一個長隧道，洞中有數個「窗口」，得以窺到峽谷中的奇景。總算來到一處有紀念品店，我們下來遊逛，同時等待黃藍二車前來分擔紅車的人馬行李。後來從臧導遊處才得知

紅車熄火之因：因其司機今早加油時，漏加了一種可排除空污的
液體，以致開到後來當電腦測到污染度高時，車子便自動熄火，
也算是一種安全設施。

　　三車聚齊後，再出發直開去Bryce Canyon入口附近的Ruby's
Inn。我們下來晚餐後，導遊興沖沖地要我們再上車，去俯瞰壯
闊的峽谷岩柱區日落。因天寒欲雪，怕風大受寒，我和數位寧可
躲懶的校友們窩在車內聊天。未料奮勇前往者，因天寒雲厚，倒
沒賞到甚麼日落，敗興而返。導遊不氣餒，吩咐大家明日一早看
日出去。

4月20日

　　昨晚睡前，已決定今早不趕熱鬧去瞧日出，天冷，我儘量睡
吧。晨起，聽得室友菊媛在嚷：「下雪了！」我撥開窗簾，果然
細雪紛落，更不想出去和雪奮鬥了，獨留在房內寫日記。外面雪
花隨它飄，在這海拔8,000英尺的四月天。不久，諸多早起一窩蜂
去冒險者頹喪而返，因下雪而沒賞到日出。

　　早餐後，雪霽天晴朗，太陽露臉了。導遊為了彌補，四輛大
巴都出動，帶了全體來到畢生難忘的勝景區。在崖壁欄杆邊，稀
疏松樹旁，居高臨下，但見橘紅色傲然聳立的無數岩柱群，還覆
著些白雪，無比遼闊地呈現眼前！讓人震撼！怪不得導遊昨晚千
方百計地勸誘大家，即使冷得要裹上旅館的毯子也得前來，這就
是有名的布萊斯峽谷！

　　校友們紛紛忙拍照，又成群結隊地在有著護欄的岩邊走道上漫步。我捱著柯美珠聊天。她談起御班的王亞玫，我倒熟悉這名字。「不就是在畢業三十年重聚會上和你合演〈十八相送〉黃梅劇的祝英台嗎？」那回我雖未能前往，倒也翻熟了那本重聚紀念冊。「是啊！她後來得了癌症，走了。」「你去看過她嗎？」「最後一年，她勇敢奮鬥，不見人的。」我們的嘆息，無聲地迴盪在遼闊的峽谷高岡上……

　　車子途經Pink Coral Sand Dunes（粉紅珊瑚沙丘），大家下來踩踩無比細軟的紅沙，就上車南下位於猶他州南邊接近亞利桑那州界的牛仔城Kanab午餐。在好萊塢狂拍西部片那陣子，諸多有名的牛仔電影明星，包括John Wayne等都曾在此留連。

　　餐後直驅有名的Glen Canyon Dam。此水壩繼最大的Hoover Dam之後，成為科羅拉多河上六大水壩之一。我們下來瀏覽這偉大工程並參觀附近的陳列館。遇到我們前段班的領隊忠班的曹依，趁機和她來個合照。接著趕往科羅拉多河的一段勝景Horseshoe Bend（馬蹄灣），在亞利桑那州接近猶他州界的小城Page南方，河道在此迴旋成馬蹄狀。我們從4,200英尺高的岩壁邊俯望（竟然沒有護欄耶），不知數十萬年前，河水為何會如此迂迴地切割岩壁？但見旋出柔美弧線的河面，在艷陽下閃著清澈引人的藍綠色！令人又愛又怕。多希望有勇氣往前挪，去拍出全景啊。

　　晚上歇在Page的Lake Powell Resort。聽導遊說，店方額外厚待我們，將沿著湖邊的所有房間都騰給我們這諾大團隊，所以每位校友都能賞到後面的湖景。

4月21日

　　一大早，拉開落地窗簾，果然，一大片清幽的湖光山色盡在眼前。忙不迭梳洗更衣，拎了相機外出。沿著湖畔的長長小徑，暢吸晨氣，暢享湖景。這長長的藍湖，對岸是一座座小小的灰岩山，幸而近處鋪綴著不少翠綠的草坪和林樹，寧靜中倒不失生機，美得恰到好處。遠遠地看到蘇經莉和她的英籍夫婿Chris已出來散步了。

　　今天的節目是坐船去遊昨日俯瞰過的馬蹄灣。安全起見，每人都套上救生衣。我們團隊龐大，至少分乘六艘小艇吧？每船有位駕駛兼講解。我們那艘的駕駛是老美George，他自稱來自康州，在此住了30多年，剛離婚，有二子，還很驕傲地在iPhone上秀出他金髮女友的相片。小艇慢悠悠地在寧靜的科羅拉多河面上遊盪。兩岸是陡直高峭的岩壁，黃灰紅樸，訴說著無數的堆積與切割，是萬古年間的演變坎坷……George提到昨日大雨，今天卻是難得的豔陽天，我們這批真有福氣！倒是大家怕水面風寒，都一層層嚴嚴包裹著上船。未料當George中途靠岸，要讓我們上去觀賞某處的「岩壁文化」時，這峽谷的艷陽已高燒到華氏80度了。我們邊走邊脫外衣，揮汗不已。回到船上，吃了美味的Subway三明治，航向歸程。

　　上岸來到大涼棚下等著我們的巴士來接。大家趁此歇息良機分頭找同學聊天合影去，此地儼然成了交誼廳。聽得誰在喊：「長安國校的過來！」原來要合照呢，居然聚集了九位。「劉家

祥呢？」我問，「她今天沒出來。」聽得誰這麼回。我先和夏曉蘭聊天，再看到昨日在馬蹄灣驚喜碰面的恭班黃安沙。記得上回坐慶生郵輪時，我陪她在墨西哥逛街買靴子，直到巴士都開走了，我們才急得坐taxi回船。我提此事，她大笑。依然她活潑亮麗如昔，我們在涼棚下合照。

回到Lake Powell Resort晚餐後，有個特別節目——去湖邊聽一位印地安人吹排簫。簫聲輕揚，在湖畔悠悠飄送，夕陽正西沉，好美的黃昏……我因覺睏，8點鐘即回房安歇了。聽說留下來的校友們還看星星、圍營火唱歌……我在美夢中，可全不知曉了。

4月22日

旅遊期間的進餐，大家總是隨意組團同桌共餐。有配偶前來的較固定，我這形單影隻者常有機會遇上不同班的校友，倒也藉此認識。最難忘的是這旅遊最後一日的早餐，竟能遇上小學同校、大學同在合唱團的良班邱茲惠。我知道她畢業於台大外文系，妙的是她後來竟轉移興趣到中國美術史和史前考古。她知道我是考古系的，為了專注於和我交談，只約了我和她共進早餐。也真巧，全廳大桌遍布，只有一處在盆花旁有張小桌供兩人對坐。在我們珍貴生命中，難得交會的珍貴片刻，我們娓娓暢談了近一小時，才互道珍重。又得各自投入團隊中了。

上午的大節目是去Upper Antelope（上羚羊谷）看彩穴。我們人人戴著導遊發的口罩，分乘多輛吉普車，後段路開入碎石子路

上顛簸，塵土飛揚。進入有著波浪線條的石穴中，聽原住民導覽講解它的形成及歷史並熟練地幫我們在穴內某陽光灑入處拍照。

中午，又路過Kanab午餐。在進餐前，還讓我們分別扮演牛仔、警伯、賭客、酒女、鐵匠、印第安人、野狼等，呼嘯嬉鬧地「演」了一場有趣的短劇，叫做How the West Was Lost。戲後合影，相片不久印出現賣，又過程也拍成DVD兜售，老美真會做生意。

黃昏時候總算回到Las Vegas，開始我們慶生活動的壓軸——惜別宴。來到Rio Casino內一家豪華中餐廳，依照首晚歡迎宴的席次分配，又得以和仁班同學同桌。一道道的精緻大菜，交流著多少言不盡的同窗情。此後又將各奔東西，難説下回是否再相逢。主辦人和幹事們一波波的感謝詞後，令人雀躍的是我們的金嗓子校友和班陳妙妙的美妙獨唱〈綠島小夜曲〉和〈望春風〉，如黃鶯出谷，贏來滿堂采。她正是以前我們台大合唱團的女高音呢！接著義班張立美的夫婿周炳先生數首動聽的西洋歌曲，包括《窈窕淑女》的插曲On the Street Where You Live，柔柔地喚起大家多少青春往事……這次旅遊，不少校友帶了「跟班」前來。這些跟來的先生們都相當配合，隨時伸出援手，幫著提行李、取菜餚、看衣物，尤其踴躍於替夫人及其同學們合照，不亦善哉！最後特別感謝住在Las Vegas策劃此活動的義班鍾魯珍，使這次的慶生重聚，開花結果，帶給大家多少珍貴的歡樂。

2018/5/4

後記：與周瓊華夫婦和黃美美夫婦於4/23下午同機回到亞城。瓊華與夫婿要轉機回去 Columbus，先行告別。感謝黃美美夫婿李亞新開車順道載我回家，圓滿結束此行。

巴黎浮遊
──2018探望大女兒兼遊郊區

　　在「旅遊風」盛行的今日，竟然我遲到最近，才首次越過大西洋去探遊歐洲，而多少親朋好友已不知進出歐洲幾趟了呢！鑑於語言障礙，從未夢想歐遊，只要年年能回台，心願已足。要不是旅法四年多的大女兒貞妮力催，加上學過多年法文的小女兒艾梅願帶其男友一道陪行當保鑣，習慣幽居家中的我，就沒有這次珍貴的法國行了。

　　是第一次，來到亞城國際機場的法航櫃台，掌台的男士果真一副「法國臉」。他瞧了瞧我護照上的英文名，笑著吐出一句：「I love Lucy！」我將紅行李放上過磅，卻不見他立刻貼上抵達目的地的標籤，只聽他舒懶地說：「I'll do it later！」我無奈地離去。在這效率至上的美國，已襲來了慵懶的法國風。

　　法國人與華人一樣，對飲食之考究舉世聞名。一登上法航，機上的兩餐，果真美味！烹調原是藝術，不是機器至上的老美能窺其堂奧的。由亞城直達戴高樂機場約8個半小時，比起回台得兩段航程共18小時的浩瀚飛行，容易打發多了。輕巧的小女兒就坐我旁邊，比起我多次單獨回台隔座常是高壯的老美，少了壓迫感，也舒暢多了。這班是夜間飛行，理當睡個長覺，偏不習慣座位的角度，又數周來重溫《後宮甄嬛傳》，其主題曲仍在腦中流

唱，竟沒睡多少，就抵達這時間往前跳過6小時的巴黎近午。奇
的是，下機後，也不覺累。跟著來接機的大女兒回到她在巴黎
西區（第16區）的住處後，只喝了點水。下午就偕梅隨妮四處走
逛。直逛到觀光客必去的艾菲爾鐵塔（Tour Eiffel）附近，有大片
草地、噴水池，還望到了塞納河。我們過橋去對岸溜達，忽來一
陣驟雨，幸而有備而來，取出在台買的輕便旅行傘……梅的男友
較遲抵達，晚上才來會合。

　　出發前，在高中隨法文班去過法國的二女兒嘉麗就警告我，
巴黎市區有許多人抽菸呢！現在親臨此地，果然此言不虛。不提
抽菸，光是從機場坐Uber進入市區途中，但見車潮洶湧，空氣煙
濛，倒像洛杉磯。可嘆這已蓬勃得過分壅塞的汽車文明正大大污
染了「花都」的清麗，要讓她漸漸淪為「霧都」了嗎？不只巴
黎，相信全球多少大都市，都有這份無奈的汙濁。這倒罷了，自
在慣了的法國，沒有美國對禁菸的雷屬風行，在馬路邊、咖啡座
旁、人行道上，幾乎隨處有人在吞雲吐霧。車煙外加吸菸，若不
設法改善，怎不是巴黎的隱憂？

6月7日

　　幸而次日上午，貞妮就帶我們從Gare St. Lazare搭火車去西北
郊的Giverny透氣，遊逛印象派畫家莫內的家屋與花園（La Maison
et des Jardins de Claude Monet 1840-1926）。好個繁花似錦！最醒目
的是，看到了艷麗的罌粟花，有橘紅，有粉紅等諸多顏色。因它

使我聯想到鴉片，常在心中視之為「毒花」，洋人倒喜歡它吧？
種得到處都是。賞了百花蜂蝶舞，再繞去有名的拱橋垂柳蓮池
區。莫內生前很著迷日本庭園，故而闢建此池，舉世聞名。

　　下午回到巴黎。晚上我們去一家以soufflé聞名的餐館Le
Recamier。不只在巴黎，可能全法國，甚至全歐吧？很流行在戶
外用餐。餐館不論大小，總有好幾套桌椅排到戶外的涼棚下，供
客人休閒用餐。我們旅法期間，十之八九都是在戶外進餐，只有
一次正巧傾盆大雨，才到室內。法國人不僅講究飲食，還講究與
飲食搭配的酒類，有飯前酒，有配紅肉的紅酒，配海鮮的白酒。
餐後的咖啡和甜點也不能少。多年來我傾向素食，除了可接納點
海鮮，不碰肉類，也不碰任何酒類，還不單吃乳酪，不喝咖啡，
不吃甜點……來到這以講究乳酪、肉類、酒類、咖啡、甜點自豪
的國家，我成了「煞風景」的異類，只關心如何能買到水果。幸
而大部分的法國料理滋味都相當不錯，相當享受。尤其是酥軟的
可頌（Croissant），額外道地，這期間不記得飽餐了多少？

6月8日

　　難忘第三天上午，貞妮帶我們去巴黎東邊第12區的戶外市場
Marché d'Aligre閒逛採買。熟知巴黎者都知道巴黎分成20區，各
區的號碼排列成螺旋狀，以順時鐘方向由內向外編號，第一區在
最中心，羅浮宮即在此；第12區在巴黎東南方。這個戶外市場相
當龐大，也相當熱鬧，只是下午一點就打烊收攤，得盡快買齊。

我們陸續挑了番茄、水蜜桃、蘋果、香蕉、生菜苗等，再入一棟室內商場挑買各種麵包、乳酪、醃肉和飲料等（我順便挑包法國餅乾想給嘉麗），一併帶到塞納河中的小島Ile de la Cité上野餐。我們在一棵大柳樹下落坐，四周柳條低垂，猶如翠帘。帘外夏陽暖照，微風輕拂，堤邊水光蕩漾，遊艇穿梭。好一段難忘的野餐時光！

　　妮的印度籍好友Lavanya也受邀前來與我們一起野餐，她素食，吃了不少乳酪。因她在巴黎大學專攻法國歷史，妮請她來當我們下午的導遊（妮好先回公寓去準備晚上的家宴）。餐後在Lavanya的帶領下，去遊逛有名的拉丁區（Latin Quarter屬第5區）。聯想到普西尼的名劇《波希米亞人》中提到，戀愛中的男主角帶女主角去拉丁區逛遊並購贈女帽……此區在中世紀時，著名的神學院Sorbonne的學生們在此區聚集活動，而流盪此區的共通話語即為拉丁語，故稱為拉丁區。數百年來，至今仍呈現其國際風貌，世界各地的小吃在此匯集，還有諸多形形色色的藝品店、酒吧、咖啡屋等等，是年輕人喜愛流連之區。巴黎除了古建築遍布，雕像之多，隨處可見。Lavanya見多識廣，一座座教堂、一尊尊雕像，她都可娓娓道出其歷史滄桑。下午陽光漸熾，她帶我們走到第6區的盧森堡公園（Jardin du Luxembourg）納涼，我們一邊看樹下池塘中的母鴨和一窩小鴨，一邊聽她講巴黎城的改建故事……

　　當晚，妮和其法籍男友Damien備出了相當豐盛的一餐，還邀來了一位日本女友知穗與我們共餐。在燭光搖曳中，我們品嘗了

水果沙拉、蔬菜濃湯，主菜是考得熱呼呼的茄瓜lasagna，味道挺不錯的，這妮子就是喜歡料理。我已大致飽了，沒去碰甜點。他們年輕人還有葡萄酒時間、吃乳酪時間，我是樂得不沾，還是單純些吧。

　　巴黎居真不易，貞妮在四樓的公寓相當狹小，不可能招待我們三人同住。艾梅已先行在巴黎南方第14區以南的Malakoff郊區覓到間Airbnb，難得是所很別緻的花園小屋。女主人是位優雅的法國夫人Dominique，能說英文。臨路的兩層樓前屋是她的住所，穿過前屋從後門出去，便是個花團錦簇的中庭，還有花棚桌椅。穿過中庭，就是我們的住宿小屋，收拾布置得相當淨雅。雖地點離妮的公寓較遠，但一日的旅遊疲勞回來，在此小屋真是消滌不少。每日的走路量實在可觀，不知是回台時的幾倍？年輕人走得快，我須跟得緊，尤其多次進出捷運站，更得緊密跟隨，不容差錯，怎不額外勞累？幾乎是每晚，一躺下即人事不知，濃睡到清晨破曉，再神采奕奕地遊去。倒沒甚麼時差，彷彿身子是跟著太陽似的。

6月9日 ─ 6月11日

　　週六一早，因時間不多，我們坐了Uber直驅巴黎東南第13區塞納河西岸的Austerlitz Station與妮及其男友會合，同搭對號火車SNCF駛往西南郊露娃河畔的小城Amboise。露娃河谷地（Val de Loire）是法國歷史悠久的城堡分布區，多少有名的古堡宮殿遍

布，包括Chambord, Cheverny, Amboise, Chaumont, Chinon, Brissac, Saumur, Chenonceau等等。最早的上溯到英法百年戰爭期間（1337 – 1453），這期間，巴黎還曾失守16年之久，皇太子查理七世不得不偏安於Chinon城堡。其後曾出征義大利的查理八世開始將義大利文藝復興的建築風格引入法國，在Amboise營造開敞明亮的精美新宮，有別於法國傳統城堡的厚牆窄窗。可惜他在28歲那年不幸誤撞廊楣夭亡。之後這股「義大利熱」由好大喜功的法蘭西斯一世繼續弘揚，他重用達芬奇，完成了Amboise新堡，又著手興建宏偉而繁複的Chambord。

在諸多城堡中，曾去遊覽此區的余光中特別推崇Chenonceau，因其「以景觀而言美得匪夷所思，以歷史而言又最動人綺念遐思」。就因為他那篇長文〈雪濃莎〉，使我執意此番法國行，要去遊遊雪濃莎，去親炙她的芳貌。她位於露娃河支流雪耳河（Cher River）上。她最為獨特的是不但有橋凌駕河上，橋上還加建了雙層長廊。前者是亨利二世（法蘭西斯一世之子）之愛妃黛安娜的妙思，後者是凱瑟琳皇后的傑作。余光中在文中提到黛安娜（Diane de Poitiers 1499 – 1566）之美，入主雪濃莎時已47歲（比法王大19歲），在此堡當了12年的女主人，容貌始終不衰，從不化妝，膚色長保乳白，是當時法國最美麗的女主人，統治著最美麗的城堡。喜好比武的亨利二世於1559年在一次挑戰中意外受傷去世。法王一死，失寵十多年的皇后凱瑟琳（Catherine de'Medici 1519 – 1589）大權在握，立時報復，驅逐黛安娜，她自己的三子先後為王，她三次成為至高無上的太后，坐鎮雪濃莎達30年之

久。她在黛安娜花園的對面，闢了凱瑟琳花園與之抗衡，在黛妃橋上加蓋了雙層長廊以拓展豪奢⋯⋯

是啊！我從沒想到真能來到余光中筆下的雪濃莎，真能目睹到這座藍頂白牆的城堡宮殿和她媽臨河上的倩影。堡內宮中，數不盡的一室又一室的輝煌。黛妃的華貴臥房，掛的卻是凱后的威凜肖像，她已悍然妒佔了黛妃的空間。倒是在另一室中，見到了一幅黛妃50多歲時白皙的雙足穿上芭蕾舞鞋的動人麗影，怎一個「美」字了得！

除了雪濃莎（Chenonceau），我們還先後參觀了安布瓦斯堡（Château de Amboise）及香堡（Chambord）。各有其特色，尤以香堡的雙迴旋階梯最為引人，此乃達芬奇的精湛傑作，舉世無匹。想法國從中世紀的黑暗時代到輝煌的文藝復興，從人權思維的啟蒙運動到翻天覆地的大革命，歷經了多少動盪滄桑？其深厚的歷史背景，豈是年輕的美國能比擬？可惜歐洲沒有美國之幅員廣大，尤其近年來因中東戰爭大量湧入的難民與來自各地的移民，在市區到處給人擠迫的感覺，走起路來幾乎是摩肩接踵，店家伸出來的咖啡座也都是排得緊密的小小桌面。桌面上除了刀叉餐巾，一定有酒杯，是個人人喜愛杯中物的國家啊。在巴黎進出餐館或其他場合，一律不用小費，員工已有了妥善的福利。每人每周工時不得超過35小時。人人有足夠的休閒，學費和醫療不像美國那種吃死人的高昂。放眼街路上的來往人潮，不論男女，都相當端挺，相當苗條，很少見到像美國那種超重者成群的現象。他們的飲食和生活習慣，頗值得老美學習吧？

　　一般來說，巴黎最為人詬病的是她扒手之猖獗。來之前已聽聞了諸多友人遭殃。這次旅行，我額外謹慎，身上不帶歐元，一切開支，現金或信用卡，都由艾梅全權負責。我夾緊背袋，她握牢皮夾，我們互相照看。妮說要特別提防吉普賽人。感謝天！我們旅遊期間，一切平安。

6月12日

　　由古堡區回到巴黎後，只剩兩天。妮說，讓梅和其男友自在逛去吧！不用受拘於團體行動。她個人可帶我續遊巴黎。貞妮怕我吃膩了法國菜，中午帶我去第6區吃日本麵。出來後，路過一家書店，在其擺到門外的書攤上，瞄到個印著「紅樓夢」三字及一些中國古典人物的大提袋。趨前，原來是為其法文版的《紅樓夢》做廣告。妮看出我的興致，入內付款買下了那提袋送我，也算是旅法的奇遇。在全球網路化的今天，美國的書店已幾乎銷聲匿跡，妮說在法國一些古董書店倒仍殘存。

　　午餐後，妮帶我去參觀了以印象派畫為主的博物館Musée d'Orsay，在第7區塞納河之南。又去斜對岸的羅浮宮（Luvre Museum）走逛，限於時間，只瞧其壯偉的外觀。妮說原有四面建築，一面已毀於法國大革命，故只剩三面。我們再遊到劉墉散文中提到的杜維麗公園（Jardin des Tuileries），可惜綠地不多，大部分是灰沙鋪地。我們在噴水池畔的躺椅上歇息，邊聊天，邊眺望對空的夕陽西下和飛鳥翱翔……8點多了，仍亮晃晃的，我們起

身蹐到康考特廣場（Place de la Concorde），筆直的埃及紀功柱傲然聳立，尖端在暮色中閃出永恆的金輝。巴黎的夏，要遲到近10點才夜紗輕襲呢。

6月13日

週三，妮安排大家在其男友上班的拉丁區一道午餐，好方便他也能過來。餐館Le Coupe Chou是座好古舊的石堡，別有懷古情趣，挺有意思！我們先喝香檳，慶賀艾梅與男友昨晚的鴛盟好事。

下午貞妮償我心願，帶我去溜達劉墉筆下的香榭麗舍大道（Avenue des Champs-Elysees）。今天的香榭麗舍，可能沒有他40年前描繪的那般繁花似錦，綠意深幽，但那份筆直寬闊的大道氣派，仍不愧為香榭麗舍！

最後在金陽偏西中，來到雄踞12道車陣匯聚穿梭中的宏偉凱旋門（Arc de Triomphe）。好一份僙人的高挺、細琢的壯麗！在現代的車水馬龍中，凝留了拿破崙的叱吒風雲……此區已靠近貞妮的住處，一番留影後，結束了巴黎景點的最後一瞥。

感謝貞妮的流暢法語和專業攝影，使我們圓滿完成八日的浮光掠影。6/14黃昏回到亞城，夏熱騰騰，畢竟端陽節近了。

2018/6/20

文學姊妹遊寶島

　　自從今年2018春天興奮報名「海外華文女作協」今秋的台北雙年會後，終於盼到見面的時刻。

　　週三（10/31）晚抵台，周五（11/2）即前往新生南路三段的福華文教會館。在潮潮濕寒中，裹著紅外套，拖著行李，踏入報名大廳，開始接觸了一位位久仰的文學姊妹。見到了溫雅白皙的副會長、也是此活動的主辦者姚嘉為，蓬鬆短髮、依然美目盼兮的吳玲瑤，來自華府、清靈秀慧的張純瑛，來自哈佛、亮麗如昔的張鳳，在長桌前忙碌張羅登記的秘書幹事們：有周典樂、陳玉琳、徐松玉和簡宛的小妹簡學舜等等。筆名荊棘的資深作家朱立立會長依舊風姿綽約，記得在高中時即聽聞過她的名作〈南瓜〉。這裡聚集了世界各地的女文人，以北美區的最為聲勢浩大。來自加州的湘女周仰之，是我在現場結識的第一位文友。大會為我安排在開會及旅遊期間的固定室友融融，原在上海任記者，後赴美留學，已作品無數。一到寢室，即承她贈書呢。

　　當晚在福華二樓悅香軒有僑委會主辦的歡迎宴。我換了襲黑底粉紅碎花長洋裝，與融融一起下樓赴宴。八十多位會員連同家眷濟濟一堂，珠光鬢影，人語喧譁。趁此餐緣，又陸續認識了數位文友：包括來自德州的哈爾濱人吳淑華及其幽默夫婿楊士民、

來自溫哥華的蘇州女子王宇秀與過來和我們合影的李安和顧月華，她們和融融都用快速的上海話交談，我稱她們「上海幫」。我問起很想見見陳瑞琳，不知在何桌？融融很快去將她請過來，讓我見識到這位來自西安、定居德州、筆力遒健的「唐朝仕女」（有位台灣留學生如此形容），我還笑提她曾在文中寫德州的那些陝西大漢一個個看來像「兵馬俑」呢！

雖說早在2009年就加入成為會員，卻一直因家累未能參加她們每兩年一次在世界各地召開的雙年會。這回算是首次投入，正巧是第十五屆海外華文女作協與第五屆全球華文作家論壇合璧的大會，在國家圖書館為期兩天（11/3&11/4）的講座內容額外紮實豐富：有中興大學特聘教授邱貴芬的「台灣作家的世界」、張大春的「書學、字學和文學」、陳若曦的「尋找桃花源」、叢甦的「女人到位——從歷史形象到現實角色」……第二天有華府作家韓秀以她自身一路走來的坎坷血淚，娓娓道出寫作的力量、奮發的人生，感動全場。有張翎的「女性穿越歷史的堅韌和力量」，有施家三姊妹施淑、施叔青和李昂的輪流暢言。兩天都還有主持人與多位女作家的對談論壇。

週日的論壇結束後，當晚在上海鄉村餐廳的歡送宴，比三十周年慶的精美蛋糕更令人驚喜的是，各餐桌還散坐著各大報的副刊主編，包括世界日報的吳婉茹、中華日報的羊憶玫、聯合報的宇文正……還有些台灣名作家，我見到了可愛的散文家廖玉蕙，一時聽到不少驚叫、歡呼、擁抱、合影。自從30年前陳若曦在舊金山創辦了OCWWA，從二十多位會員蓬勃到今天的兩百多位，

一路走來，真個可喜可賀！雖只短短兩天，密集的「節目」真個精彩而豐收滿滿，還不提隨後一周二十多個景點的台灣東部旅遊，使這次的文學聚會，更形多彩繽紛。

大會包下了兩部遊覽車，載我們走訪師大、台大、故宮、士林官邸、胡適紀念館、華山文創園區等地。原計畫搭乘普悠瑪前往花蓮，因正逢普悠瑪不久前出巨禍，改為坐遊覽車過雪山隧道直驅羅東，再換搭莒光號到花蓮。來到東部，先後暢遊了太魯閣、燕子口、玉石博物館、雲山水、鯉魚潭、東華大學、光復糖廠、拉藍的家（聽馬太鞍的故事）、知本溫泉、三仙台、宜蘭中山公園、台灣藝術館、頭城蘭陽博物館、坪林茶葉博物館等大自然及文化景點，又在各大學舉辦「生活在他鄉」座談會，真個緊湊精彩，實難詳盡贅述，在此挑記二三。

拉藍的家

來到花東，不能不提佔當地人口大多數的原住民。難忘我們來到花蓮拉藍的家，在排滿椅凳的大廳中，聆聽一幹練原住民用流利國語暢談馬太鞍族的故事。他言談詼諧幽默，不時引來全場大笑。他提到北上念大學時，在宿舍中，諸室友聽聞他是原住民，嚇得對他很提防，不敢跟他往來，好像他隨時會「獵人頭」似的。

遊覽車上的資深導遊劉先生也很喜歡耍幽默，常東拉西扯，胡謅一通。車上有位來自上海的方向真，他就大拿她的名字做文

章，常漫口稱呼她：方向針、指南針、指北針……又一位來自北美的李安，因正巧與大導演同名，也常讓小劉開玩笑。小劉倒是最尊崇車上的文壇前輩陳若曦，對她呵護備至。

　　且說小劉除了詼諧，倒也提供了不少知識。當車子從台東沿海岸線（台11線）由南向北行駛時，右邊是浩瀚的太平洋，左邊是連綿的海岸山脈。藍天白雲，正是明媚時光。來到呼藍平原時，他要我們留意左邊不遠處的呼藍山，看來像觀音的側臉，說她是當地原住民的聖山，不准任何人入山砍伐。有回三位漢人犯禁入山伐樹，都遭原住民擊斃。法庭判原住民無罪，表示尊重他們的「聖規」。倒是為此而做到環保，不易善哉！

黃春明的紅磚屋

　　文人來到宜蘭，不能不想到鄉土作家黃春明。我們從晴朗的花蓮搭自強號來到宜蘭時，卻逢傾盆大雨。在雨中來到黃春明的紅磚屋，這黃春明在宜蘭打造出的兒童樂園。屋中多位熱誠的招待人員，使我們賓至如歸。入內長桌上，已擺滿了各色佳餚，是我們最難忘的可口晚宴。哪管屋外掃興的風雨，這裡處處溫馨，處處布置著兒童的繽紛幻想，有貼滿圖畫的大樹，有黃春明自繪自寫的兒童書。他在這裡給小孩子講故事，跟他們演戲，帶他們創作。當晚看到84歲、歷經兩次化療的他在桌前振筆疾書地給數十位購書者簽名，好一股昂然奮發的精神！好一盞激勵的明燈……

舞者的雕像

　　宜蘭，像是歌仔戲中的哭旦，每次接近她，她就在落淚。
那個濕潮的早晨，小劉說要經過中山公園，為了去看看雲門舞集
的名舞蹈家羅曼菲的雕像，因他留意到其姊，來自新加坡的羅伊
菲就在我們陣容中。想必也是受她之託吧？千里迢迢一趟來到宜
蘭，怎不趁機去憑弔一下自己的親妹妹呢？她們有四姊妹，這
位修長而美麗的小妹不幸於12年前春天因肺癌而香消玉殞，享年
僅51歲。她生前全力奉獻於舞蹈，是林懷民最為器重的搭檔，她
的離去，在舞蹈界幾乎無可彌補。我們撐著傘在綿雨中，卻遍尋
不著雕像。小劉去打聽，原來雕像已暫時被挪走，為了要重新整
修，闢出個荷花池，以讓她在池上翩翩起舞……落了空，我見到
多日來優雅嫣然的羅伊菲靠在牆邊一臉的黯然……

　　宜蘭為歌仔戲的發源地，我們的行程自然少不了去台灣戲劇
館，再次親近了楊麗花與許秀年。想其全盛時代的全台風靡，如
今在這快速變遷中，願她們仍有薪火相傳。

　　這次旅遊，很高興結交了不少文友：有和我同桌吃素的顏敏
如，文文靜靜的，來自瑞士，帶了位高大的洋夫婿，他們好像用
德語交談。在走逛中，認識了來自密蘇里州的周密，她那靈健的
媽媽也是會員呢；也認識了來自法國的楊翠屏，還跟個壯壯的法
國夫婿。在遊覽車上，已熟悉了前後左右的那些位：有來自加州
的張燕風、來自南卡的林麗雪、來自洛城的莊維敏、來自紐約的

曾慧燕、來自加州的李安和來自上海的方向真等等。有文友自遠方來，誠然不亦樂乎！

　　這趟來去匆匆的兩周台灣行，充分享受了文友相聚之歡和四處旅遊之樂。僅此額外感謝「海外華文女作協」的細密策劃與辛勤付出。下一棒將交給張鳳，我們美麗的鳳凰！且拭目以待。

2018/11/21

台北碎拾
——記2018回台參加女作協活動前後

抵達

從窗口望出去，最醒目的是，在民權公園的群綠擁簇中聳立出的中華航空公司大樓和遠山襯托出的巍峨金紅建築——圓山大飯店。又一次回到了台北，回到大弟在民生社區的七樓公寓。如真似幻，以18小時的坐機代價，讓我再度置身故鄉。

台北這個秋，沒有去年暖和，居然在冷涼的陰潮中，微雨陣陣，寒風習習。太信任台北了，以為會如去秋，攜帶了不少夏衣，幸而臨行前，再塞入幾件長袖，否則真要栽跟斗了。夜涼如水，還得起身加衣添被的。雖然陽光不露臉，但台北人處處流露的人情味，已讓久居洋邦的我倍覺溫馨。

且說在桃園機場入境時，分區排隊之效率規劃、工作人員之盡責作業，查驗護照不到兩分鐘就輪到並順利過關，馬上可下樓領行李去。國光巴士從售票員到司機，都是友善的服務。來到松山機場，總能從鄰近的旅客中借到手機打電話，一如在桃園機場。寒雨中，竟有一部計程空車在站邊癡癡等著。看我拉著行李東張西望，以為要過去。司機出來了，我忙解釋：「我是在等弟弟來接，他就住附近。太短程了，不好意思麻煩你們。」

又和他搭訕：「現在許多人叫Uber比較便宜，你們是如何和Uber
競爭呢？」他倒埋怨起來：「都是民進黨……」他離去後，居然
又有另一部計程空車過來，我得再解釋一番。這時在站邊掠過去
一部龐大的巴士，車身上醒目地寫著：「拒投民進黨，台大有校
長！」讓人悽惻的台大心聲，在寒雨中劃過……

　　今晨在邊喝豆漿、邊吃麵包時，和弟婦閒聊，並問起新東市
場巷內那家小店鋪幾點開啊？我要再去買些絲襪。她說，那家關
了，也不知女老闆何處去？經濟不景氣，許多店家撐不下去……
連大弟的愛犬也消失了，我問起，才知是「去」了。

　　午後，裹上紅外套，撐了傘，在寒雨中閒逛。不自覺又逛到市
場，許多攤位正忙著收攤，還不忘熱絡地打招呼。沿著新東街來到
寬敞忙碌的民生東路，經過三民廣場，走過活動中心，來到一家內
衣精品店。我進去詢問是否賣絲襪？女店員歉意地說沒有，又善意
地告知：「你可去活動中心樓下的寶雅或附近的康是美。」好可愛
的台北人！誠如多年前張曉風為台北寫過一篇〈種種可愛〉，讓我
每次回來，每次點滴領受這美洲大陸少有的人情味。

2018/11/1

紅拱橋

　　與女作協的文學姊妹們旅遊一周後，於11/10週六黃昏回到
台北。隨後兩天，分別與「娘家」考古系和「婆家」外文系聚
餐，第三天才與60年的青梅竹馬高瑢吟敘舊。沒有一次我回來，

不和她見面，也少不了承她的熱誠接待。為了見我，她特地從
台南北上。我們約在火車站的微風廣場見面。從「小南門點心
世界」出來時，台北的陰寒面貌又來了，風開始加大。幸而我們
穿夠衣裳，一路從火車站步行到新公園。自從改為「二二八紀念
公園」後，我沒再來過，一切景物看來很新鮮。奇的是，一直找
不到那座紅拱橋，那座我高二美術課時，跟隨全班來此寫生的紅
拱橋。直到進入附近的介壽公園時，才與它驚喜重逢！是啊，畢
竟是久遠的往事，錯記成新公園了。它那曲折有致的雲紋欄杆仍
在，只是那份紅已黯淡了，不似50多年前新建時那般艷麗。那時
一邊在筆下描摹，一邊醉聽著不知何方傳來的中廣廣播劇……直
到發覺四下人空，才慌忙出園回校。趕到教室，歷史老師已在侃
侃而談了……瑄吟帶我回到北一女中重溫舊夢，再出來和她一道
搭捷運回士林舊居（她自女兒生產後，常住台南女兒處，車子不
在台北）。就在捷運地下道，偶然看到牆上掛著些歷史相片，有
張赫然是新公園內的放送局。沒錯啊！我當初就是聽到從這裡放
出的廣播劇呢。我笑對瑄吟印證著那段遠去的軼事。

芙蓉

去秋回台，曾逛去大弟家附近的新中公園，尋覓劉墉筆下的
芙蓉樹。記得當時它乾枯得沒半朵花兒，園中的義工詫異於我對
它的關切，許是從此對它特別施肥灌溉吧？這回在11/14（上機
前一天）抽空再過去瞧瞧，居然出落得豐腴嫵媚，錯落地開出了

不少粉紅大花，在秋寒中嫣笑著。聽聞芙蓉花顏一日數變，間伴著的幾朵凋萎暗紅，應是昨日的殘花吧？當初偶讀了劉墉的〈畫芙蓉〉，竟使我年年來此尋覓。芙蓉有知，當芳心怡悅呵！

2018/11/26追記

有緣
——2019/5/14～5/22加州行散記

　　自從去年夏天，小女兒與其相識數年的男友在我們的法國旅遊中訂婚後，就排定了今年五月在Santa Cruz的森林婚禮。在艾梅的細膩策劃中，總算圓滿歡暢地如願完成。雖因天候難測，成了雨中婚禮，但在朵朵白傘、林氣氤氳中，倒添了迷濛之美，相信日後會是他們額外難忘的回憶。

　　這次去北加，利用婚禮前在Menlo Park（Palo Alto西北鄰）的數天空檔，於5/16約見了外文系的蔣遂學姊。她那活潑幽默、生動淋漓的伊媚兒，常活躍在外文系的「空中聚樂部」中。我這外文系媳婦也常與之周旋，信趣盎然。既去北加，先去見見從未謀面的她。她對我家小女的婚禮，竟然比我還興奮，數周前在email上，就按捺不住地探詢：「你要穿甚麼衣服？是旗袍嗎？你有好身材，不要錯失良機唷！」我好笑地回道：「艾梅要我在場送嫁，我的旗袍是紅的，不行啊！對襯新娘的白紗，太顯眼了。大概會穿那襲有玫瑰圖案的銀灰長禮服吧？」她還熱忱地要邀約從巴黎趕來並與我同住民宿的大女兒貞妮及新郎新娘同赴熱門的鼎泰豐，可惜這批年輕人正有得忙而作罷。我們在史丹福購物中心Nordstrom內的Bazille Cafe見面。她那斯文的夫婿也在場沉默奉陪，只當我們需合照時，他才挺身而出，慨施援手，不亦君子乎！

　　真是緣份天定，當初小女兒申請了多校的研究所，除了哈佛，都得到入學許可。最後進入心中「準決賽」的是普林斯頓和史丹福，她若選了前者，就不可能認識到今日的伴侶。Mason因在美國出生，其在芝加哥做物理研究的祖父為他取名梅森（取「美生」之諧音）。先是艾梅帶他來亞城家中過耶誕，我發現這高高的華裔男孩還說得一口京片子，他說媽媽來自北京。後來有數次機緣和我們同遊，包括回台灣、去佛州、去法國……是個對人體貼、有禮貌的好男孩，我們全家都喜歡他。他與艾梅正巧有諸多相同的嗜好，都喜歡大自然，都喜歡野營健行，都喜歡養盆景，都喜歡調弄飲食，都喜歡貓，都喜歡騎腳踏車上班……與其說他們是一對情侶，不如說是非常合得來的一對生活友伴。蔣遂姊在收到我轉去的婚照後，回說：「真驚艷啊！欲說無辭。美！雨中婚禮，飄逸聖潔，如天瀨之吟唱。見歐洲中古文藝復興詩情之浪漫，感蘇格蘭Celtic鄉村歌曲靈魂之激盪。雨中的妳，為女兒撐傘，不捨之情，化作天下母親祝福的淚水，滋潤大地。為上蒼作見證，為萬世企太平！」還要我談談「嫁女情懷」。我對小女的婚事，倒無特殊情緒，心中只覺欣慰踏實。艾梅已離家西去獨立多年，現雖結了婚，我並無割捨之痛，反因得了一位好女婿而欣喜。我在果園屋中對親家說：「這次他們的結婚，我們是雙贏！你們得了媳婦，而我得了女婿。」這段天作之合，誠是人間美事。

　　這個別緻婚禮安排兩家親眷住在Santa Cruz山上一西藏佛教靈修地Pema Osel Ling（即婚場地）中的果園屋（Orchard House），

是紅木森林中的一座雅致木屋。有兩層樓，裝潢典雅，很是寬敞
舒適。在此，得以和姜家的親人歡暢溝通。與Mason的媽媽姜萍
算是重逢，因在2016年秋天我們同遊過台灣。這回倒是首次見到
其父姜弘文教授，他很親切，與其次子Richard（也是伴郎之一）
由LA開車上來會合，他在UCLA教物理，算是這「物理世家」
的中流砥柱。也有幸見到Mason的爺爺奶奶，他們分別高齡86和
83，爺爺聲音宏亮，步履矯健，仍在開車，還每周工作兩天。奶
奶氣質高雅，曾留學德國兩年。他們之間都說著我聽不懂的上海
話。這回有機會能看到如此健康的老人，額外欽羨！他們活在我
們前頭當榜樣！

　　來自Ohio的大兒子帶著他從亞城飛來的二妹連同他從南加上
來的大舅與東部來的表妹於周五（5/17）從舊金山機場一車開到
這個紅木森林區中的果園屋，大家濟濟一堂，好不熱鬧，興奮著
次日5/18的婚禮大日。周六一早，我和姜家的爺爺奶奶等在晨氣
清幽的陽台上閒聊，又和大哥漫步於紅木筆直高聳的林間，無有
任何空汙，額外透心涼暢。周六的午餐，男方特別推出華人風味
的「姜媽媽水餃」招待大家。全體賓客，不分中外，讚不絕口。
姜萍果真有北方人的幹練，她比我們提前抵達梅在Palo Alto的公
寓，期間做出了400個三色三種餡的餃子。後與我們同住Menlo
Park的民宿時，又做出99個（取長長久久之意）生煎包子，和餃
子一樣，眾人一掃而空。

　　周六黃昏，才是婚禮的重頭戲。在微雨冷涼的森林中，豎琴
的清韻優雅流出，六位英挺伴郎撐著白傘、挽著六位藍綠衣裙飄

飄、手捧艷橘繽紛花束的伴娘聯袂出場，帶出男女主角盟定終身
的時刻⋯⋯當晚的婚宴設在Celebration Hall旁搭起的大棚中。棚內
賀聲歡語不絕，杯觴流轉，美食任取。分立各角落的八大暖氣柱
熊熊散熱，驅盡了林中晚間濕潮的冷涼，好個舒適溫暖的喜宴！
蛋糕時間除了綴飾成紅木森林的數層巧克力大蛋糕外，還有我和
兒子都喜歡的莓果派餅。我捨蛋糕而取派餅，兒子兩種都包，還
不知吃了幾份。舞會剛開場，早睡的我，請兒子在暗黑中載我一
程，與二女兒溜回果園屋歇息了。周日上午10點，大家享用過相
當美味的brunch後，各奔東西，結束了這場難得的歡聚。

　　我與大女兒還有節目。周日午後，我們開著租車沿著海岸
東南行，來到加州著名的遊覽勝地Carmel-by-the-Sea，住進了下
臨峭壁、層層林木深幽、花園涼亭密繞的民宿，遊遍了附近精雅
藝品店、畫廊及各種歐式餐廳林立的商業區，也賞遍遼闊無涯
的太平洋。沿著沙岸或臨著海岸峭壁都是橫向伸展、形狀奇特
的Monterey Cypress，勾勒出此處獨特的海濱景觀。周二下午，
貞妮建議去憑弔一座加州有名的歷史古蹟──有248年歷史的西
班牙式天主堂Basilica。古瓦厚壁，久遠前的精雕細琢，在斑駁中
隱現。高大宏偉、嵌了五彩玻璃的聖殿，凝聚了一代代信徒多少
的禱詞；聖母永恆的慈暉，慰藉了多少塵世翻滾的苦難⋯⋯一路
上，不乏一批批的陸客和到處瀰漫的華語。

　　這次的加州行，分別去了Menlo Park, Santa Cruz和Carmel-by-
the Sea三個地方。加州的天氣和我們東部真是不一樣，不算嚴
寒，可就是不停地有一種涼透骨的海風吹來。於是得穿得一層層

地，再圍上絲巾，並裹上外套。因時晴時雨，最好戴帽攜傘的。
出一趟門，配件之多，好不累贅。周三晚上，回到亞城，迎接的
竟是五月天罕見的酷暑，忙不迭褪去一層層冬衣。加州的冷涼，
恍若一場夢。

2019/5/27

歡聚夏威夷

上網亞城園地，徐匡梁教授的一篇〈藍色夏威夷〉醒目地亮在眼前！他提到貓王於1961年在這部電影中唱紅的一首Blue Hawaii，多美的歌詞！真巧！我不就剛從夏威夷回到家嗎？的確，夏威夷的海天藍得像天堂！但最讓我難忘的是那珍貴的親族大團圓。

為了慶祝大哥的八十壽辰，我們曾家台美兩地親族於7/20～28在夏威夷大會合，聚集了老中少三代共36人之多。平素分散各地難得碰面，都在美麗的夏威夷如願以償了。

美國何其有幸，能將這些宛如世外桃源的島群繼阿拉斯加之後納為第50州。美國的高速公路系統來了，美國的行政管理來了，但仍褪不去她那濃濃的當地色彩。觸目是遼闊淨藍的海、蔚藍無染的天，與天媲美的是曼妙亭立的各種椰子棕櫚樹。這亞熱帶的陽光，額外豐沛多情，輕柔的暖風，任你在她懷中流連。太熱嗎？隨時可泡入海水中舒享清涼，或飽啖美味多汁的各色水果，尤其是當地盛產的鳳梨，滋味美得不遜於寶島台灣呵！如此的勝地，難怪遊人如織。在Waikiki，有名的餐館人滿為患，各種商家店舖顧客絡繹不絕，街路上如潮的遊客摩肩擦踵。這就是夏威夷，大自然的豐沛賜予，人潮並未減損她特有的風韻。

7月20日

抵達

　　一早搭乘達美班機，9個多小時的飛行，於當地時間下午1點多，提早半小時到達Honolulu，這位於歐胡島上的夏威夷首府。行前我已上網預訂了SpeediShuttle，因到得早，又只有隨身，不用費時等行李，於是直接來到外頭去尋穿著紅花制服的員工。很快接洽到，司機帶我坐入一部白色的廂型車，開著冷氣先讓我等候，他再分頭去接其他乘客。半小時後才見他滿頭大汗，徒勞而返，乾脆專程一趟載我一人直赴Waikiki的Outrigger Resort。地圖上看並不遠，就在機場東邊，可是他開得蠻久。因下了一號高速公路後，仍有無數的紅綠燈，處處是無數一波波的遊客，穿梭在亮晃晃的暑日下⋯⋯總算來到位於卡拉卡娃大道（Kalakaua Ave）的旅館。提早數日從巴黎迢迢飛來的大女兒貞妮已迎出來，帶我上樓歇息，準備晚上在樓下餐廳Duke's的親族團圓大歡宴。

晚宴

　　我換了黑紗長洋裝，在餐廳外欣喜地和一批批親人廝見，包括來自加州的大哥、大嫂，來自台灣的二哥、二嫂和他們的三女兒雅榆和小男孩、四女兒明慧及其高大夫婿和兩個女娃兒，還有大弟、弟媳和他們的女兒慧文及其夫婿和一雙小兒女加上大弟的

兒子文揚，也來自亞城的大哥長子Oliver與夫人和其3個兒子（上大學的長女在香港，下周三才來會合），來自西雅圖的大哥次子Tom及夫人和一雙小兒女，還有來自休士頓的二哥長女芳儀（也是此次活動的總策畫聯絡人）及其兩位讀中小學的兒子，來自德州San Antonio的二哥次女慧真及其夫婿和一雙讀小學的兒女，加上我和貞妮，雖缺了我其他3個子女和佛州小弟全家，已龐大得熱鬧滾滾了。為了讓餐廳挪出足夠的空間來包納我們，有蠻長的一段等候。這期間孩子們和小小娃兒們互相追逐嬉戲，長途的飛行並未磨損他們的精力，只聞歡聲四起。趁此大家聚合的場面，我取出準備好的15份印花小紅包，分贈給15個喚我「姑婆！」的孩子們，他們蹦跳著欣受。

　　餐席上，我們分坐了7、8個大小桌。我坐在大哥大嫂對面好聊天，又過去和二哥二嫂合影……

7月21日

　　好像沒甚麼時差，昨晚照常9點多歇息，半夜3點醒，再睡到5點多，發覺和台灣一樣，天已亮了。起來打點散步去。

　　旅館出來右轉，沿著Kalakaua Ave直走，兩邊是高聳的大樓群，一小段後，右邊呈現了遼闊的海。三五成群的棕櫚樹，將海景勾勒得更為動人。清新的晨風，迎面拂來，多美的亞熱帶早晨！不少晨跑族已出來活躍了。

海灘

　　來到夏威夷，尤其是威基基，誰不去海灘倘佯流連？好動的貞妮，最是熱衷戲水。近8點了，太陽開始逐漸炙艷起來，我們去租了一個傘位，有兩把長歇椅。我是不下水的，不會游泳，也怕曬，只在傘下和隔壁傘位的大嫂有一搭沒一搭地閒聊。大哥的Tom全家也有個傘位，還請我和妮去Duke's吃早餐的buffet。

　　近午前，妮忽想起，我們得回房去打點行李，因昨日妮向他們要求換房（三樓的那間靠近外頭的大冷氣機，太吵）。二哥他們剛游上岸，傘位正好讓給他們。和妮回房理了行李後，很想吃水果。於是順便來到旅館對面，穿過International Market Place來到後街，有家便利商店，我們挑買了一大筒切塊的鳳梨、一大盒什錦水果、一盒壽司、一盒鮪魚捲和蛋捲等等。忘了備袋子，還得另付一毛五。來到這裡才發現紙袋多麼珍貴，都得用買的。至於塑膠袋，店家已不提供了。回到傘下，分些蛋捲給二哥。自己先飽啖了不少鳳梨，在炎炎夏日，額外美味。

　　黃昏，去櫃檯取了新房的Key。原來換到八樓，美多了！不但安靜，視野更為遼闊。陽台上有張小桌和一對椅子，我和妮可在此用餐、賞景、聊天，再美不過。一周來的早餐，幾乎都在此小天地消磨。夜深歇睡時，可遙聞不遠處陣陣的海濤拍岸聲，奇妙地催人入夢……

7月22日

昨晚親族在一日本餐廳聚餐時，聽大嫂提起，旅館附近有家日本小店，清晨兼賣剛做好的熱飯糰，而且不貴。來到Waikiki，很快會發現許多東西貴得離譜，連本地產的鳳梨和香蕉等也不例外。商人為了牟利，身為觀光客，註定得被敲詐的。於是去晨間散步時，就準備順道去買飯糰回房當早餐。

園遊

今日芳儀策畫了一整天直到晚上的團體外遊節目。10點多集合，外出走路去搭車前往位於歐胡島北端的Polynesian Cultural Center。在歐美人士來到夏威夷群島之前，千餘年來，已有波里尼西亞人先來盤據，也帶來了其特有的文化景觀。雖說美國早在1893年元月透過各種政治軍事手段，推翻了當地人原有的王朝（皇后被囚），到1959年成為美國的一州，但本地人並不樂意被統治。甚至在我們到達的首日晚間，就聽到本地人大肆喧嚷的抗議聲，淹沒了海潮聲，不知要爭取甚麼權益？翌日Oliver也在討論此事。哪個民族不深愛自己的文化傳統？戀根之情總是深濃。統治者的一味打壓，實非上策。

一個多小時的沿海車程，總算來到北端的文化中心。入門即感受到濃厚的波里尼西亞氣氛，大型的木雕圖騰柱就說明了一切。因已近午，我們先解決中餐，再一個個景點地逛去。色彩鮮

艷的各式攤位，有各種紀念品、各種小吃。不少小孩兒捧著椰子殼在吸椰子水，捧著鳳梨殼在啜鳳梨汁。艷日下，人潮流動喧譁，像是在逛園遊會。我們在小河邊排排坐，觀看當地人在船上又歌又舞地演繹他們的故事。此外，有爬椰子樹表演，有教呼拉舞的小棚，有示範如何鑽木取火，有擲矛比賽等等各項多采多姿的民俗活動。下午4點就提供晚餐，在一大棚下的長桌上吃自助餐。入內時，門口有夏威夷女郎發送一串串紫紅色鮮花綴成的花圈，一人套一串，進去後，大家樂得先互相合照……入夜還在一半露天劇場觀賞了一齣大型舞台劇，生動地演出他們血脈相傳的故事，最後有諸多耍火炬的表演，我已睏得幾乎睡著了……

7月23日

妮帶我去買了拖鞋，方便隨時可光腳進入海灘去踩沙，出來沖沖水，跋上拖鞋就成，不用提心吊膽地怕沙。

我們今日又去海灘租傘，下午去逛街，傘位讓給大弟全家。

7月24日

妮一早說要搭車去某山區健行。我沒敢跟，怕鞋的裝備不行，自己在附近悠閒逛去。又是個艷陽天，忍不住進入冰淇淋店，其實我不知幾年沒碰冰淇淋了。

7月25日

景遊

　　因大弟一家周五就要離去，又Oliver的長女昨晚才到，芳儀在今天安排另一個一整天的集體活動。一早8點就搭了遊覽車，沿著海岸線環著歐胡島遊遍Diamond Head, Hanauma Bay, Halona Blow Hole, North Shore Beach, 又去Tropical Farms買紀念品。中午來到Haleiwa Town午餐，和妮去吃當地美味的蝦餐和夏威夷刨冰。下午去逛Dole Plantation，吃了鳳梨冰淇淋。

慶生

　　4點半，芳儀又添加一場精采的壓軸──下了遊覽車，登上岸邊的遊輪。日日艷陽天，這時忽灑起濛濛細雨，螢輕微的，倒不惱人。來到遊輪上的精美餐室，享受了美味的自助餐、精彩的夏威夷舞，還有窗外海上嫣然出現的雙道大彩虹，多美的吉兆啊！就在我們給大哥慶生之際。大哥吹蠟燭，二哥的三小姐雅榆切蛋糕……

7月26日

　　近午，送走大弟一家，我和妮繼續我們的自在節目。中午

去吃日本烏冬麵，晚上去另一家吃壽司。夏威夷有不少日本人，處處日餐館林立。週三去逛街購物時，一位東方面孔的店員迎出來，說了成串日語，我馬上澄清說來自台灣，想不到她收起日語，即刻流出標準中文，好厲害！

市集

7月27日

上午和妮去逛某處周六才開的農民市集，看到燦爛的花市，買了一些水果小吃。夏威夷盛產芋頭，處處可見芋頭麵包、芋頭餅、芋頭冰，我們買了一盒芋頭餡的酥餅，回去試吃，還真不錯。

Tom一家也出來遊逛這個市集。近午11點就收市，我們一起去等旅館的接駁車Trolley，好一番等待，他們的一子一女在一邊爬樹嬉戲。我見到了成排的鳳凰木，艷火火地……

惜別

晚上大哥大嫂請客，約大家再到樓下的Duke's餐廳。明早大家又將勞燕分飛了，這場餐聚額外珍貴。我去和大哥二哥靠著坐，聽他們追憶往事，談爸爸，談金瓜石，談九份，談媽媽……

餐後，大家來到海灘上做最後一次合照，當晚霞滿天。Oliver的天才次子14歲的Zach在旅館房中獻演小提琴，大家圍觀，聆賞著他的柴可夫斯基……

7月28日

　　妮帶我去一家有水晶燈的日式法國餐廳吃Brunch。我們點了鬆軟的草莓鬆糕（Strawberry Soufflé Pancake）。回到旅館的Lobby稍候，已是SpeediShuttle的人來接我的時刻。告別了，這Aloha State，諸多難忘的回憶，沒有如煙，都筆存了。

　　數日來大家在臉書上分享諸多旅遊照片。我將徐教授的〈藍色夏威夷〉po在上面，問道：「有誰會唱嗎？」

2019/8/2

語言文學類　PG2299　北美華文作家系列33

來日綺窗前
——藍晶散文集

作　　者/藍　晶
責任編輯/林世玲
圖文排版/林宛榆
封面設計/蔡瑋筠

發 行 人/宋政坤
法律顧問/毛國樑　律師
出版發行/秀威資訊科技股份有限公司
　　　　　114台北市內湖區瑞光路76巷65號1樓
　　　　　電話：+886-2-2796-3638　傳真：+886-2-2796-1377
　　　　　http://www.showwe.com.tw
劃撥帳號/19563868　戶名：秀威資訊科技股份有限公司
　　　　　讀者服務信箱：service@showwe.com.tw
展售門市/國家書店（松江門市）
　　　　　104台北市中山區松江路209號1樓
　　　　　電話：+886-2-2518-0207　傳真：+886-2-2518-0778
網路訂購/秀威網路書店：https://store.showwe.tw
　　　　　國家網路書店：https://www.govbooks.com.tw

2019年12月　BOD一版
定價：250元
版權所有　翻印必究
本書如有缺頁、破損或裝訂錯誤，請寄回更換

國家圖書館出版品預行編目

來日綺窗前：藍晶散文集 / 藍晶著. -- 一版. --
　　臺北市：秀威資訊科技, 2019.12
　　　　面； 　公分. -- (語言文學類；PG2299)(北
美華文作家系列；33)
　　　BOD版
　　　ISBN 978-986-326-748-5(平裝)

855　　　　　　　　　　　　　108017323

讀 者 回 函 卡

感謝您購買本書，為提升服務品質，請填妥以下資料，將讀者回函卡直接寄
回或傳真本公司，收到您的寶貴意見後，我們會收藏記錄及檢討，謝謝！
如您需要了解本公司最新出版書目、購書優惠或企劃活動，歡迎您上網查詢
或下載相關資料：http:// www.showwe.com.tw

您購買的書名：_____ _____

出生日期：_____年_____月_____日

學歷：□高中 (含) 以下　　□大專　　□研究所 (含) 以上

職業：□製造業　□金融業　□資訊業　□軍警　□傳播業　□自由業
　　　□服務業　□公務員　□教職　　□學生　□家管　　□其它_____

購書地點：□網路書店　□實體書店　□書展　□郵購　□贈閱　□其他

您從何得知本書的消息？

　□網路書店　□實體書店　□網路搜尋　□電子報　□書訊　□雜誌

　□傳播媒體　□親友推薦　□網站推薦　□部落格　□其他_____

您對本書的評價：(請填代號　1.非常滿意　2.滿意　3.尚可　4.再改進)

　封面設計____　版面編排____　內容____　文／譯筆____　價格____

讀完書後您覺得：

　□很有收穫　□有收穫　□收穫不多　□沒收穫

對我們的建議：_____

_____

_____

_____

11466

台北市內湖區瑞光路 76 巷 65 號 1 樓

秀威資訊科技股份有限公司 　　收

BOD 數位出版事業部

···

（請沿線對折寄回，謝謝！）

姓　　名：＿＿＿＿＿＿＿＿＿　年齡：＿＿＿＿　性別：□女　　□男

郵遞區號：□□□□□

地　　址：＿＿＿＿＿＿＿＿＿＿＿＿＿＿＿＿＿＿＿＿＿

聯絡電話：(日)＿＿＿＿＿＿＿＿＿　(夜)＿＿＿＿＿＿＿＿＿

E-mail：＿＿＿＿＿＿＿＿＿＿＿＿＿＿＿＿＿＿＿